DIE FRAUEN SEINES LEBENS

AHEPKA YVES MOÏSE N'GUESSAN

DIE FRAUEN SEINES LEBENS

ROMAN

Aus dem Französischen
von Christiane Landgrebe

ALBINO

Die Originalausgabe dieses Buches von
Ahepka Yves Moïse N'Guessan erschien 2019 unter
dem Titel *Les femmes de sa vie* bei NEI-CEDA, Abidjan.

1. Auflage

Salzgeber Buchverlage GmbH
info@albino-verlag.de

Umschlaggestaltung: Johann Peter Werth
unter Verwendung eines Fotos von pixabay.com/gabrielberophs
Satz: Robert Schulze
Printed in the Czech Republic

ISBN 978-3-86300-364-7

Mehr über unsere Bücher und Autor*innen:
www.albino-verlag.de

An alle Marcos, Anastasies und Lindas.
Macht es möglich, zu lieben
und geliebt zu werden.

KAPITEL 1
GESTERN HATTE ICH SEX
MARCO

23. April

«Gestern haben wir uns geliebt. Wie schön das klingt. Die Symbiose zweier Seelen, die sich finden, verheiraten, vereinen, die zusammenkommen und auseinanderdriften, sich treffen, den physikalischen Gesetzen von Anziehung und Abstoßung beugen, einander voller Kraft, Sanftmut, Zärtlichkeit und Ehrfurcht hingeben, im Rhythmus der stillen, berauschenden Melodie ihrer Körper, die in fortwährender Reibung Energien tauschen und das gemeinsame Abenteuer in einer Explosion befreiter Lust vollenden, als zwei zerbrechliche Hüllen, die sich umschlingen, liebkosen, neues Leben einhauchen, für einen Moment erstarrend in der Erregung, die ihre Herzen im Augenblick größtmöglicher Nähe erfahren. Liebe machen … Ja, das ist eine wirklich schöne Formulierung. Viel zu schön, um meine Empfindungen auszudrücken. Ein Euphemismus für den abrupten Akt, der mich mit steifen Beinen und den unauslöschlichen Spuren der Hände, die meinen nackten Körper entweiht hatten, zurückließ, für den Schmerz in Leib und Seele und das getrübte Bewusstsein, dass ich jetzt für immer verdammt bin, denn: Gestern habe ich mich ficken lassen …»

Es schüttelt mich, wenn ich diese Worte in dem Tagebuch lese, das ich als Heranwachsender geschrieben habe. Sie geben mir das Gefühl, in eine andere Zeit zu springen, die Zeit meiner turbulenten Jugend. Es ist viel passiert seit jenem Tag, an dem ich zum ersten Mal Sex hatte. Er liegt etwa zwanzig Jahre zurück. Sie sind mit irrer Geschwindigkeit vergangen. Ich denke mit einer gewissen Sehnsucht an diese Zeit zurück, in der ich jung und frei war und mich noch nicht von den Krallen der Ehe hatte einfangen lassen. Ich habe in meiner Jugend einige Dinge getan, auf die ich nicht stolz bin, aber das Leben geht nun mal weiter. Ich kann nicht die Zeit zurückdrehen, um zu ändern, was ich damals getan habe. Könnte ich es, wäre heute vielleicht alles anders.

Gerade habe ich Anastasie, meine fünfjährige Tochter, ins Bett gebracht, der ich jeden Abend vorm Zubettgehen Geschichten von Prinzessinnen erzähle, damit sie zur Ruhe kommt. Danach schläft sie friedlich wie ein Engel. Im Haus ist es still. Ich sitze in einem Schaukelstuhl neben dem Bett meiner kleinen Prinzessin. Nehme erneut das Tagebuch von damals zur Hand. Der erste Eintrag stammt vom 15. Januar. Das war vier Monate vor dem Tag, an dem sich alles radikal änderte. Wieder tauche ich ein in die Geschichte meines Lebens und seiner Irrwege.

15. Januar

«Bin gerade aufgewacht. Es ist noch dunkel. Der dichte Schleier der Finsternis liegt über der Erde. Es ist fast drei Uhr morgens. Mein Atem rast, Schweiß läuft mir übers Gesicht, ich bin schockiert über die versauten Szenen, die sich in meinen Träumen abspielen. Was habe ich auf dieser Welt bloß verloren? Wäre es nicht besser, nie geboren worden zu sein? Mein Leben kommt mir nutzlos, traurig, trist vor. In mir hat sich das Böse eingenistet, es wächst stetig und jeden Tag wird es stärker, das spüre ich. Es nagt an mir, gierig und beharrlich. Mein Herz ist schwer und bitter, meine Gedanken wie eingeschnürt von Zweifeln. Jeden Tag stirbt ein weiterer kleiner Teil von mir und ich ekele mich vor mir selbst, so sehr wurmt mich der Unterschied zwischen mir und den anderen Jungen meines Alters. Meine Tränen und Gebete ändern nichts. Gott kommt mir nicht zu Hilfe. Er lässt die seltsamen Bilder in meinem Kopf nicht verschwinden. Und Mamas misstrauische Blicke machen die Situation noch unerträglicher.»

19. Januar

«Ich hatte wieder diesen Albtraum. Diese Vision, die meine Nächte beherrscht, seit ich vierzehn bin. Ich befand mich in dieser einsamen Straße, dieser unwirklichen, namenlosen Straße. Im strömenden Regen, der mich zittern ließ, und einem unheilvollen Wind, der an meinen Klamotten zerrte. Nirgends gab es einen Zufluchtsort. Nur diese dunkle, fremdartige Straße, die zu beiden Seiten von endlosen Mauern gesäumt war, die weder Türen noch Fenster noch Vorsprünge hatten. Ich lief und lief, aber begegnete keiner Menschenseele in dieser Zwischenwelt, die außerhalb jeglicher Realität zu liegen schien. Dann, gerade als meine Verzweiflung übermächtig zu werden begann, tauchte plötzlich eine Tür auf. In der Dunkelheit dahinter erklang eine Stimme, die mich aufforderte einzutreten. Seltsamerweise hatte ich keine Angst. Ich wusste, ich kam zu meinem Wohltäter. Er sah aus wie mein Sportlehrer. Der Anblick seiner perfekten Muskeln, seiner glatten Haut und seiner sinnlichen Lippen weckte in mir den Wunsch, ihn zu küssen. Er sagte, ich solle meine Kleider zum Trocknen aufhängen. Wenig später stand ich in Unterwäsche vor ihm, und er verschlang mich mit seinen Blicken. Er kam langsam näher. Küsste mich. Zerriss mein Unterhemd. Er trug mich ins Schlafzimmer und wir hatten Sex, ganz sanft, immer wieder, in blütenweißer Bettwäsche …

Gott, mein Herz schlägt bis zum Hals. Ich will das alles nicht mehr. Aber gleichzeitig wächst das Verlangen, dass der Traum Wirklichkeit wird, mit jedem Tag mehr. Gib mir die Kraft, es zu überwinden, sonst tue ich bald etwas Unverzeihliches, das sich nie wieder rückgängig machen lässt.»

30. Januar

«Heute war ich im Cybercafé, um für meine Geschichtsarbeit zu recherchieren. Wie üblich war es brechend voll. Hauptsächlich junge Internet-Betrüger, die einsame Europäer anchatten, die sich nach Liebe sehnen. Es war irre heiß. Man stelle sich einen Ort von fünfzehn Quadratmetern vor, durchschlängelt von hunderten Kabeln, ohne Ventilator, dafür vollgestopft mit zwanzig Computern und dreißig Leuten. So ähnlich muss es in der Hölle zugehen.

Ich bin auf einer Website gelandet, die mit einem echten Sexgott warb. Ein Schwarzer mit schönen vollen Lippen und Bauchmuskeln, die ein perfektes Sixpack bildeten. Diesmal nahm ich ‹Schlampe› als Profilnamen. Manchmal komme ich auf verrückte Ideen.

Ich bekam viele Nachrichten. Offenbar stehen die Leute im Internet auf Schlampen. Die meisten sagten nicht mal Hallo. Sie wollten nur wissen, wo ich wohne, ob ich auf der Stelle für ein Sexabenteuer bereitstehe und was ich beim Sex mag. Ich ging voll auf das Spiel ein, antwortete, ich würde gerne knutschen, Schwänze lutschen, mir den Hals und die Brustwarzen lecken lassen und mich hingeben wie eine Nutte. Ich amüsierte mich ganz gut beim Chatten mit den Leuten. Aber es erregte mich auch. Meine Shorts wurden ganz feucht.

All das macht mir Angst. Von Tag zu Tag werde ich geiler und leichtsinniger. Manche User wohnten ganz in der Nähe. Ich hätte fast der Versuchung nachgegeben, ihnen meinen jungfräulichen Körper anzubieten, um endlich die verbotenen Genüsse aus meinen Träumen kennenzulernen.»

10. Februar

«Heute war ich in der Messe. Der Pfarrer redete in seiner Predigt über ‹Unzucht›. ‹Ihr seid gottlos, wenn ihr schamlos lebt›, sagte er. ‹Das einzige Schicksal, das euch dann erwartet, ist die Hölle.› Er meinte auch, dass Gott die Unzüchtigen hasst und verabscheut, dass sie in seinen Augen nicht mehr wert sind als Dreck, weil sie Ungläubige sind. Seine Worte waren streng, grausam, unerbittlich. Ich bekam beim Zuhören Bauchschmerzen vor Angst, aber sagte am Ende zusammen mit den anderen Gemeindegliedern Amen. Eigentlich darf ich sowieso keinen Sex haben und müsste meine Jungfräulichkeit bis zur Hochzeit bewahren. Ich sollte meine langen schlanken Beine verstecken und meine junge glatte Haut verhüllen, meinen knackigen runden Hintern, mein fein geschnittenes Gesicht, meine sehnsüchtigen rosafarbenen Lippen, meine aufrechte Haltung und meinen lässigen Gang, wegen denen mich schon öfter Frauen angemacht haben.»

19. Februar

«Ich führe ein Dasein im Verborgenen, umhülle mich mit Schweigen. Den Großteil meiner Freizeit verbringe ich hinter der verschlossenen Tür meines Zimmers. Dort fühle ich mich am sichersten. Ein Raum von neun Quadratmetern. An allen Wänden hängen religiöse Bilder: die Jungfrau Maria mit ihrem Sohn auf dem Arm, ein Kruzifix und die Zehn Gebote in riesigen Lettern. Ich denke an Mama, Papa und frage mich, was sie tun würden, wenn ihnen meine wahre Natur, meine teuflischen Gelüste bekannt wären. Es beschämt mich, dass ich mich immer mehr in eine von sexuellen Trieben geleitete Kreatur verwandele. Ich werde zum Monster.»

28. Februar

«Heute werde ich über mich und meine Eltern sprechen. Diese bescheuerte Idee kam mir heute Morgen in den Kopf.

Ich bin achtzehn Jahre alt und gehe in die oberste Klasse der naturwissenschaftlichen Schule. Ich bin das einzige Kind meiner Eltern, Monsieur und Madame Kouo. Mama sagt, ich sei ein Geschenk des Himmels, das Gott ihnen nach langen Jahren der Prüfung gemacht habe. Und dass sie sehr glücklich waren, mich empfangen zu können und mir mehr Liebe geschenkt hätten, als man einem Kind überhaupt geben kann. Doch wenn mich ihr kalter Blick trifft, während sie diese Worte sagt, glaube ich, sie sind nur leeres Gerede.

Meine Eltern sind nicht reich, aber sie haben stets dafür gesorgt, dass ich auf die besten Schulen ging, an Feiertagen meine feinsten Klamotten trug und immer zufrieden lächelte. Mama ist Vorsitzende der Frauengruppe ihrer Gemeinde, eine dem Herrgott treu ergebene Dienerin. Sie ist auf allen Ebenen des Gemeindelebens aktiv und schwört auf ihren Pfarrer. Alle seine Vorschriften befolgt sie. Die wichtigste besteht darin, sich selbst rein zu halten, indem man den Freuden der Welt entsagt, mit dem Ziel, dadurch an den Freuden im Jenseits teilhaben zu können, wo auf ewig der Gnade und dem Glanz Gottes gehuldigt wird. In Sachen Religion finde ich meine Mutter oft naiv, aber ich behalte meine Meinung für mich. Ich nehme an, der Glaube ist von Mensch zu Mensch unterschiedlich. Sie und ich haben ja nicht einmal dieselbe Konfession. Ich bin Katholik, wie Papa, der sich mit der Sonntagsmesse zufriedengibt und dem es wichtiger ist, Geld nach Hause zu bringen als andere Dinge. Sie dagegen ist eine überzeugte, von brennendem Eifer beseelte evangelikale Christin. Manchmal ist sie auch ein bisschen übereifrig. Sie hat aus unserer Wohnung einen Gebetstempel gemacht. Es ist meine Pflicht, an der täglichen Andacht teilzunehmen, bei der wir stundenlang laut beten, um Dämonen und andere böse Geister fernzuhalten. Danach habe ich immer steife Knie und meine Stimme ist heiser. Meine Mutter redet ununterbrochen über das fromme Leben, das ich führen muss, damit ich nicht verdammt werde und meine Seele für immer in der Hölle schmoren muss. Um das zu verhindern, hat sie ein ganzes Reservoir an Bibelversen aus dem dritten Buch Mose parat, die sie dauernd aufsagt. Sie weiß auch genau, wo sie stehen. Ihr liegt viel daran, dass wir alle gerettet werden. Ich höre mir das immer alles an, ohne mit der Wimper zu zucken, und sage mir, dass das wohl ihre Art ist, mir ihre Liebe zu zeigen.»

12. März

«Mir bricht der kalte Schweiß aus. Die psychischen Probleme, die ich im Zusammenhang mit meiner Sexualität habe, kommen wieder an die Oberfläche, die ständigen Zweifel wegen der sexuellen Orientierung bereiten mir schlaflose Nächte. Ich verstehe das einfach nicht. Wie ist es möglich, dass ich eine so starke Anziehung zu Menschen meines eigenen Geschlechts empfinde? Meine gesamte Kindheit über begleitete mich dieser Sog. Ich bin aufgewachsen im Schatten dieses Geheimnisses, es lastet auf mir und zerfrisst mich von innen. Heute kamen wir in der Familie auf das Thema Homosexualität zu sprechen. Mama hat sich lang und breit darüber ausgelassen. Wenn es nach ihr ginge, so meinte sie, würde sie die Homosexuellen alle eigenhändig umbringen. Ihr Blick war so hasserfüllt dabei, dass mir das Blut in den Adern gefror. Sofort begann ich, mich zu hassen. Ich verfluche mich selbst, weil ich nicht bin wie die anderen Jungen meines Alters. Meine Gedanken verdüstern sich, oft denke ich an Selbstmord. Es macht mich fertig, dass ich keine Schulter habe, an der ich mich ausweinen kann. Alles muss ich für mich behalten, die Zusammenbrüche passieren immer nur versteckt in meinem Innern. Ich fühle mich völlig alleingelassen und traurig.»

18. März

«Die ganze Woche lang habe ich über meine Situation nachgedacht. Ich habe beschlossen, das Wagnis einzugehen und alle meine Zweifel und Ängste beiseitezuschieben, um endlich Klarheit über meine sexuelle Orientierung zu gewinnen. Charlène, ein Mädchen aus der Schule, ist scharf auf mich. Sie ist wirklich schön und gefällt mir sehr. Mit ihrem ovalen Gesicht und ihrem durch ein Grübchen auf der rechten Wange betonten Lächeln, ihrem schönen runden Hintern und den spitzen Brüsten. Wenn sie an mir vorbeigeht, lächelt sie mir zu und sieht mich verführerisch an. Ich denke, bei diesem Mädchen könnte ich starke Empfindungen entwickeln.»

28. März

«Heute habe ich Charlène mit nach Hause genommen. Sie trug ein super sexy Top, durch das man ihre Brustwarzen sehen konnte. Ihr Lächeln war aus der Nähe betrachtet noch schöner als sonst. Am Anfang war ich schüchtern, aber als sie sich hinlegte und das Top hochschob, um mir ihre Brüste zu zeigen, habe ich sie geküsst, ihren zarten Körper gestreichelt, ihre festen Brüste berührt und ihren prallen Hintern angefasst. Ich habe alles gemacht, was man in dieser Situation von mir verlangen konnte, aber ich habe nichts gespürt. Absolut nichts.

Wer bin ich nur?»

12. April

«Oft denke ich, dass meine Eltern mich nicht lieben. Oder besser gesagt nur halb, weil sie nicht wissen, wer ich wirklich bin. Ich versuche, mir vorzustellen, wie sie mit meiner Andersartigkeit umgehen würden, wenn sie von ihr wüssten, aber ich weiß, sie könnten mich nie verstehen und noch weniger akzeptieren. Mama würde mit allen Mittel versuchen, mich zu heilen, mich zu erretten, zur Not durch einen Exorzismus, denn sie würde denken, dass ich vom Dämon besessen bin. Wenn ihre Gebetskampagnen keine Wirkung hätten, würde sie anfangen, mich zu verleugnen, am Boden zerstört, weil sie meine Seele nicht hat retten können, davon überzeugt, dass der Dämon mich gänzlich in seiner Gewalt hat. Ein Leben in Schande zeichnet sich für uns am Horizont ab. Meine Angst wächst, meine Seelenqual ebenfalls. Und mein Verlangen ist unerträglich.»

23. April

«… Ich habe etwas Abscheuliches getan. Das Böse war stärker als ich. Ich habe der Versuchung eines Typen auf der Dating-Seite nachgegeben. Gérôme. Während wir gechattet haben, schien mir, dass in seinen Worten eine gewisse Zärtlichkeit mitschwang. Als er beschrieb, was er mit mir machen würde, wenn ich jetzt bei ihm wäre, bekam ich Herzklopfen. Ich hatte schon immer den Eindruck, dass Worte die Gefühle ihrer Verfasser offenbaren können, und die von Gérôme haben mich verzaubert. Er wohnt in meinem Viertel, und wir haben uns für eine halbe Stunde später verabredet. Ursprünglich hatte ich die Seite nur besucht, um mir wie sonst ein bisschen die Zeit zu vertreiben und danach direkt heimzugehen. Doch stattdessen wartete ich fünfundzwanzig Minuten später am Ort unserer Verabredung, *Chez Clovis*, die neue In-Kneipe der Gegend.

Gérôme kam fünf Minuten zu spät. Ich erkannte ihn sofort daran, dass er in alle Richtungen schaute, und an den blauen Shorts, von denen er zuvor gesagt hatte, dass er sie tragen würde. Mit einem mulmigen Gefühl im Bauch trat ich näher und sah ihn mir an. Auf der Website gibt es keine Möglichkeit, Fotos zu schicken. Er sah nicht besonders gut aus und gefiel mir eigentlich nicht. Sein Gesicht war länglich, seine Erscheinung durchschnittlich, seine Augen schmal, sodass es wirkte, als wäre er müde. Er schien jünger zu sein als fünfundzwanzig, das Alter, das er in seinem Profil angegeben hatte. Im Internet lügen alle.

Wir redeten ein paar Minuten, gingen dann zu einer Baustelle, die seiner Mutter gehört und nicht weit entfernt lag. Ich blieb hinter ihm. Gérôme wollte wegen meines auffälligen Gangs nicht in meiner Gesellschaft gesehen werden. Er sah nach allen Seiten, um sicherzugehen, dass niemand guckte. Die Baustelle ist ein dreistöckiges Haus, die dritte Etage noch eingerüstet. Als wir ankamen, hatten die Arbeiter bereits Feierabend gemacht. Es war achtzehn Uhr und die Sonne stand schon tief am Horizont. Das Szenario war eher düster. Gérôme führte mich in das hinterste Zimmer. Später, wenn das Haus fertig ist, wird dort der Raum für den Wächter sein. Auf dem Boden lagen Zigarettenstummel, Zementsäcke und Reste von Lebensmitteln. Im Halbdunkeln zog Gérôme mich mit den Augen aus. Ich empfand nicht das geringste Maß an Zuneigung für ihn, aber mein Körper wollte das verbotene Geheimnis lüften. In meinem Innern wechselten sich Neugier und Angst ab. Es kam mir vor, als stünde ich am Fuß eines Berges, der mich einsaugte und meinen Körper in die Tiefe zog. Ich hatte Angst, die letzte Schranke zu durchbrechen, denn ich wusste, danach gab es kein Zurück mehr. Ich würde zu den Parias gehören, den Kreaturen, die verflucht waren, wie meine Mutter es so schön ausdrückte.

Gérôme sah mich begierig an. Er durchschaute meine Befangenheit und meine inneren Kämpfe. Näherte sich ohne Vorwarnung, küsste mich heftig und hinderte mich auf diese Weise daran, weiter zu grübeln.

Das war der Urknall. Schlagartig wurde alles andere bedeutungslos. Nichts außer uns beiden existierte mehr und ich war zu allem bereit, um die Sinnesfreuden der Lust kennenzulernen. Im Schutz der Schwerelosigkeit zwischen Himmel und Erde fühlte ich mich unangreifbar. Endlich erhielt ich Antwort auf die Fragen, die mich meine ganze Jugend hindurch beschäftigt hatten. Nun wusste ich, warum ich immer noch auf dieser Erde weilte: für diesen Tag, für diese Stunde, in der Gérôme mich küsste. Er nahm mich in Besitz, ich gehörte ganz ihm. Von ihm erfuhr ich all den Schmerz und das Glück der Liebe.

Nach dem Sex bat mich Gérôme, schon loszugehen, während er das Gebäude abschloss. Mir war klar, dass er nicht in meiner Gesellschaft gesehen werden wollte, also sagte ich, er müsse mich nicht nach Hause begleiten, und machte mich auf den Weg. Mein Abschied von ihm war voller Hast, und doch hätte ich mir gewünscht, dass er ewig dauert. Draußen kam es mir vor, als würde das Wort Homo in greller Leuchtschrift auf meiner Stirn stehen. Wie ein Verfolgter sah ich mich immer wieder nach allen Seiten um. Ich fühlte mich schuldig und schmutzig und hatte den Eindruck, alle die mir begegneten, könnten mir die unzüchtige Erfahrung ansehen, die ich hinter mir hatte. Eine verborgene Tür in meiner Erinnerung, die ich für lange Zeit sorgsam geschlossen gehalten hatte, brach auf, und sämtliche Predigten über Sodom und Gomorrha, die uns der Pfarrer jeden Sonntag auftischte, stürzten auf mich ein: Schwule sind verflucht, Gott hasst sie, sie sind Kreaturen gegen die Natur, sie müssten verbrannt werden ... All das kam jetzt wieder hoch. Zuvor hatte ich diese beißenden, bitteren Worte nicht wirklich an mich herangelassen, aber jetzt galten sie unmissverständlich mir. Nun war ich einer der Verdammten, die brennen sollten. In einem Park setzte ich mich auf eine Bank und weinte leise. Dann löschte ich Gérômes Nummer aus meinen Kontakten. Ich will ihn nie wiedersehen.

Ich bin total verunsichert. Heute Morgen habe ich es nicht geschafft, aus dem Bett aufzustehen und in die Messe zu gehen, aus Angst, das Feuer des Himmels könnte mich treffen, sobald ich durch die Kirchentür trete. Ich habe lange über meine Situation nachgedacht. Ich bin so gut wie sicher, dass ich schwul bin und niemals eine Frau so werde lieben können wie einen Mann. In Gérômes Armen habe ich eine tiefe Erfüllung gespürt, einen Seelenfrieden, der mir für einen kurzen Augenblick das Gefühl gab, eins zu sein mit dem Universum. Das war magisch, aber ich hasse mich dafür. Ich darf nicht schwul sein. Es wäre gegen jede Regel. Ich habe nicht das Recht, meinem Verlangen nachzugeben. Würde ich künftig als Schwuler leben und weiter mit Männern wie Gérôme ins Bett gehen, wäre ich ein Verräter. Ich würde meinen Eltern damit sehr weh tun – ihnen einen Kummer bereiten, der sie bis ins Grab verfolgt. Das könnte ich mir nie verzeihen.

Jeder muss auf dieser Welt eine Partitur spielen und gewissen moralischen Pflichten gerecht werden. Meine Eltern haben die ihren voll und ganz erfüllt, sich für mich aufgeopfert und mich in Würde und Liebe aufwachsen lassen. Nun ist es an mir, meine Partitur zu spielen, indem ich den vorbildlichen Sohn abgebe, den sie immer haben wollten. Alles andere würde Mama nicht überleben. Ein homosexuelles Kind geboren zu haben, wäre für sie das schlimmste Unglück. Die Frauen der Gemeinde würden sie gnadenlos dafür verachten. In deren Augen wäre sie eine sittenlose Sünderin, die Gottes Strafe für schändliche Taten aus der Vergangenheit erhalten hat. Was würde man über unsere Familie sagen? In weniger als einer Woche hätte sich die Sache wie ein Lauffeuer herumgesprochen. Alle wüssten, dass ich ein Verräter bin. Auf Familientreffen würde nur noch getuschelt werden und Mama wäre die Unaussprechliche, die den Wechselbalg zur Welt gebracht hat. Man würde ihr vorwerfen, mich verhätschelt zu haben, und sie würde als Ausgestoßene sterben. Nein! Das kann ich ihr nicht antun. Das darf ich meinen Eltern nicht antun. Ich kann unmöglich meinen Egoismus über ihre Interessen stellen und homosexuell leben. Mein Herz rast. Wäre ich doch bloß normal, so wie es die Gesellschaft verlangt …

In meiner Kindheit war alles anders. Den Berichten meiner Mutter zufolge war ich der reizendste Junge auf Erden. Ich weiß noch, wie sie mich immer ansah, mich zärtlich in die Wangen kniff. Dann lachte ich, und sie gab mir einen Kuss auf die Schläfe und sagte, ich sei so süß und so entzückend, ihr Himmelsgeschenk, ihre Sonne. Wir waren fast immer zusammen. Morgens brachte sie mich zur Schule, wir gingen gemeinsam auf den Markt, ich stand neben ihr, wenn sie kochte. Sie war meine liebe Mama, und das Leuchten in ihren Augen, wenn ihr Blick auf mich fiel, machte mich glücklich. Aber im Lauf der Jahre veränderte ich mich. Ich schoss in die Höhe, mein Gang wurde schlaksig, meine Gestik zu ausladend, meine Stimme zu hoch. Dadurch veränderte sich der Blick meiner lieben Mutter. Oft sah sie mich verstohlen aus den Augenwinkeln an, seltsam erstaunt, als sähe sie mich zum ersten Mal. In diesen Blicken lagen zahllose Fragen über den jungen Mann, zu dem ich heranwuchs. Sie betrafen Dinge, die offensichtlich waren, die in jedem meiner Worte mitklangen, sich schon bei kleinsten Bewegungen mitteilten. Ich merkte intuitiv, dass ich in ihren Augen nun nicht mehr der süßeste Junge der Welt war, sondern eine im Entstehen begriffene Sünde. Damals fing sie an, mich das dritte Buch Mose zu lehren. ‹Wenn ein Mann mit einem anderen Mann schläft wie mit einer Frau, ist das ein Gräuel. Sie werden beide mit dem Tod bestraft.› Sie hat mir beigebracht, dass Homosexuelle vor Gott die schlimmsten Sünder sind, und sie hat mir beigebracht, solche Menschen zu hassen, weil auch Gott sie hasst.

Ich war in der neunten Klasse, als sich mir das Problem in vollem Ausmaß offenbarte. Es zeigte sich in Form eines tiefen Verlangens, das mich mit der Zeit dazu trieb, mich von der Welt abzuschotten und von jeglicher Versuchung fernzuhalten. Eine Zeitlang kam Serge, mein Banknachbar in der

Schule, regelmäßig mit zu mir nach Hause, weil wir uns auf die Abschlussprüfung am Collège vorbereiten wollten. Oft lernten wir die ganze Nacht hindurch und er ging erst am nächsten Tag wieder nach Hause. An einem Freitag kam er vorbei, wir lernten bis zwei Uhr morgens und beschlossen dann, eine Runde zu schlafen. Gegen fünf Uhr wachte ich auf, weil ich pinkeln musste. Als ich vom Klo zurückkam, blieb ich unweigerlich neben dem schlafenden Serge stehen, um ihn zu betrachten. Dabei richtete sich meine ganze Aufmerksamkeit auf die Stelle zwischen seinen Beinen. Eine Morgenlatte beulte seine Boxer-Shorts aus. Ich war fasziniert und wie hypnotisiert von dem Anblick der intimen Anatomie, die sich unter dem dünnen Stoff deutlich abzeichnete. Prompt bekam auch ich eine Erektion. Ich kannte Serge seit Jahren und hatte nie etwas Besonderes in ihm gesehen, aber an diesem frühen Morgen fand ich ihn wunderschön. Mehr noch. Ich entwickelte ihm gegenüber ein seltsames, ungekanntes Gefühl, gegen das ich rein gar nichts tun konnte: Begierde. Mit diesen Empfindungen fühlte ich mich hilflos, verunsichert und sehr einsam, denn ich dachte, ich sei der einzige Junge auf der Welt, der so etwas für einen Jungen empfand. Seit diesem Tag kämpfe ich mit aller Kraft gegen die Begierde an, und bis gestern habe ich tatsächlich gedacht, ich könnte mich von ihr befreien und von der Homosexualität ‹geheilt› werden, wenn ich nur lange genug im Gebet ausharrte und mich von der Versuchung fernhielt.

Gäbe es ein Wunderheilmittel, das aus mir einen Hetero machen könnte, ich würde es ohne zu zögern einnehmen. Ich würde es für Mama tun, denn ich will, dass sie stolz auf mich sein kann. Ich will wieder das Leuchten in ihren Augen sehen, und dass sie wieder meine liebe Mama wird, die mich sanft in die Wangen kneift und mir sagt, ich sei ihr guter Junge, der reizendste auf der Welt. Wie gerne würde ich mich jetzt in ihre tröstende Umarmung flüchten, wie damals als Kind, wenn ich krank war. Von ihr hören, dass sie mich liebt trotz allem, was passiert ist, und dass ich immer ihr Sohn bleiben werde, ihr Gottesgeschenk, ihre Sonne. Aber nichts von all dem geschieht. Mir ist nichts geblieben als die Einsamkeit meines Zimmers und das Bild von der Jungfrau Maria und ihrem Sohn, die mich voller Mitleid ansehen. Doch ich habe gesündigt. Ich habe mich von Gottes Angesicht abgewendet. Sie können nichts mehr für mich tun.»

12. Juli

«Ich bin am Ende. Ich habe erneut der Versuchung von Gérômes Körper nachgegeben. Fast zwei Monate habe ich mich standhaft dagegen gewehrt, aber nun hat mich mein Herz wieder in das unfertige Gebäude seiner Mutter geführt. Ich glaube, ich verliebe mich in ihn. Auf einmal fangen sein banales Aussehen und sein Schlafzimmerblick an, mir zu gefallen.»

25. Juli

«Ich habe die Entscheidung getroffen zu leben, am Glück teilzuhaben, selbst wenn es flüchtig ist und sich nur verborgen zwischen den Wänden des im Bau befindlichen Hauses von Gérômes Mutter abspielt. Ich weiß, dass mein Glück das Unglück vieler Menschen, die ich liebe, nach sich ziehen wird, zuallererst das meiner geliebten Mutter, die mir ihr ganzes Leben geweiht und mich mehr geliebt hat, als man lieben kann. Sie hat alles für mich gegeben und sich dafür aufgeopfert, damit ich normal werde. Ich fühle mich wie ein Ungeheuer, weil ich beschlossen habe, das Verbot der Liebe zu durchbrechen. Dieses Gefühl verstärkt sich noch, weil ich anfange, meine Selbstachtung zu verlieren. Ich werde von nun an ein Leben in Verkommenheit führen, zwischen Wänden wie diesen, in unfertigen Häusern, an noch ärmlicheren Orten, zuweilen unter gefährlichen Umständen. Ich werde das Dasein eines Homosexuellen fristen …»

Ich weine, während ich diese Zeilen lese, diese Worte, die all die Zweifel, all die Wut und all das Leid meiner Jugend in sich tragen. Zwanzig Jahre sind seither vergangen. Und tatsächlich bin ich zu einem Ungeheuer geworden. Wenn auch auf andere Weise, als ich damals ahnte. Meine Feigheit, meine Mutter und die Gesellschaft haben mich dazu gebracht, meine Natur zu verleugnen und in der trügerischen Sicherheit, die die Ehe bietet, das Leben eines Gefangenen zu führen.

Ich lebe mit der Lüge und in ständiger Angst, dass meine Familie mein Geheimnis entdeckt. Infolge eines Versprechens, das mir meine kleine Tochter abgetrotzt hat, habe ich mir selbst geschworen, keine sexuellen Begegnungen mehr mit Männern zu haben. Aber mein Verlangen danach wächst, lautlos und schleichend. Ich weiß nicht, wie viele Jahre ich noch durchhalte. Ich weiß nur, dass früher oder später das in mir gefangene Wesen ausbrechen wird. Dann werde ich mich wieder einem Mann hingeben.

KAPITEL 2

DU SOLLST NICHT LIEBEN

DIE MUTTER

«Aber Mama, die Zeiten haben sich geändert!»

Das ist der Lieblingssatz meines Sohnes Marco, wenn er mir klarmachen will, dass meine Meinung zu einem bestimmten Thema überholt oder hinfällig ist. Dann sieht er mich mit großen Augen an und schüttelt mit Nachdruck den Kopf, um seine Ablehnung zu unterstreichen. Oft findet er meine Sicht der Dinge altmodisch, archaisch, typisch für die älteren Generationen. Aber Marco vergisst, dass ich länger auf der Welt bin als er, durch verschiedenste Zeiten gegangen bin, Stürme und Unglücke hinter mich gebracht und das Schlimmste kennengelernt habe, das ein Mensch erleben kann. Es ist nicht wahr, was er sagt. Die Zeiten haben sich nicht geändert. Die Sonne geht immer noch im Osten auf und am Abend im Westen unter, und der Mensch ist immer noch unerbittlich, sadistisch und wahnsinnig im Angesicht all der Dinge, die er nicht versteht und nicht im Griff hat.

Anders als die meisten meiner Altersgenossinnen habe ich ein ziemlich langes Leben hinter mir. Wenn der Sensenmann mich nicht vorher meiner Familie raubt, werde ich in drei Monaten achtundsiebzig. Seit zwei Jahrzehnten bin ich Witwe, das Leben hat mir einen Sohn geschenkt, ich habe eine wunderbare Enkelin und eine reizende Schwiegertochter. Ich habe hart für den Zusammenhalt meiner Familie gekämpft, damit ich dieses Leben unbescholten und ohne Reue verlassen kann. Ich bin sicher, dass ich einen gerechten Kampf gekämpft habe. Aber er ist noch nicht vorbei. Er dauert ewig. Und am Horizont zeichnet sich schon der nächste Krieg ab.

Heute Morgen hat Marco mich angerufen. Seine Stimme war ganz ruhig, zu ruhig in Anbetracht der Stürme, die gestern sein Zuhause verwüstet haben. Er fragte, ob er bei mir vorbeikommen kann.

«Mutter, ich muss mit dir reden, ich muss dir ein Geheimnis verraten, das ich zu lange gehütet habe», kündigte er ohne große Vorrede an.

Seitdem ist mir ganz übel vor Angst. Schon lange habe ich den Moment gefürchtet, in dem er mir sein Herz öffnet, um mir Geheimnisse zu erzählen, die in den dunkelsten, intimsten Hinterzimmern seiner Seele kauern. Ich ahne, was er mir erzählen will, all den Horror, den er erlebt, all die abscheulichen, unwürdigen Taten, derer er sich schuldig gemacht hat. Aber ich will nichts darüber wissen. Jahrelang habe ich mir eingeredet, dass das alles nur in meiner Einbildung stattfindet, dass ich nicht ein Kind dieser Art auf die Welt gebracht habe. Gott kann mir nicht auch noch diese Prüfung auferlegen. Das ist nicht gerecht. Ich habe schon genug für die Missetaten gebüßt, die ich in meiner Jugend verübt habe. Die Bibel sagt, der Herr ist geduldig in seinem Zorn, und dass seine Strafe bis in die dritte und vierte Generation reichen kann. Bei mir und meiner Familie ist das so. Ich habe gesündigt. Ich habe zwei Verbrechen begangen. An meinen Händen klebt das Blut zweier Menschen. Der eine ist unschuldig, ich beweine ihn jede Nacht, der andere ein sadistisches Scheusal, das sein Schicksal verdient hat.

Ich habe meine Kräfte in den Kämpfen, die ich im Lauf meines Lebens ausgefochten habe, erschöpft. In meiner Jugend wollte ich eine freie, emanzipierte Frau sein, die Hauptdarstellerin meiner eigenen Geschichte, doch ich musste bald begreifen, dass Freiheit etwas für westliche Länder ist, in denen die Frauen frei geboren werden und den Männern gleichgestellt sind. Zuletzt war ich feige, habe die Augen verschlossen, kapituliert und Marco in dem schrecklichen Kampf gegen sich selbst und das unbekannte Böse, das in ihm wuchs und ihn ins Unglück stürzte, im Stich gelassen. Es ist nicht so, dass ich sie nicht wahrgenommen hätte, die verzweifelten Momente, in denen er in seinem Zimmer inbrünstig betete, bis er mit achtzehn Jahren schließlich der Sünde anheimfiel.

Marco muss in mir eine Mutter sehen, die ihn bei seinen Schwierigkeiten nicht unterstützt hat, die hätte versuchen müssen, ihm zuzuhören, ihn zu verstehen. Aber hatte ich eine Wahl? Hatte ich das Recht zuzulassen, dass er einem Niedergang anheimfällt, der ihn zu einem Paria macht, zu einem Verdammten, der die ganze Welt gegen sich hat? Ich bin sicher, dieses Leben würde ihn töten. Mein Mutterherz könnte es nicht ertragen, ihn auf diese Weise leiden zu sehen.

Marco hat nie das Gefühl haben müssen, ausgestoßen zu sein, isoliert und verleugnet, ein Unberührbarer. Ich dagegen habe das Leid in seiner härtesten, reinsten, ursprünglichsten Form kennengelernt. Ich weiß, zu welcher Grausamkeit

Menschen fähig sind, wenn sie sich bedroht fühlen und wenn sie ihren niedersten Instinkten freien Lauf lassen. Die Schrecken dieser Barbarei, ich werde sie niemals vergessen.

Mit sechzehn gehörte ich zu den schönsten und anmutigsten Mädchen der Gemeinschaft von Oukpa, dem Dorf, in dem ich meine gesamte Kindheit verbracht habe. Ich war der Inbegriff des rebellischen Mädchens, das bestimmte Sitten abschaffen wollte, die es als demütigend empfand. Diesen Wesenszug hat Marco von mir. Trotz aller Warnungen und Belehrungen meiner Eltern beharrte ich auf meinen Standpunkten. Besonders unerträglich war für mich die Tradition, nach der sich die Frauen ihren künftigen Ehemann nicht selbst aussuchen durften, dass sie auf dem Heiratsmarkt präsentiert wurden wie eine Ware, die dem zugesprochen wird, der am meisten bietet. Der freie Wille von Frauen war in meinem Dorf weniger wert als nichts und gegen diese rückständige Sitte wollte ich mich wehren. Denn ich war verliebt. Mein Herz hatte sich einen Mann erwählt und schlug nur für ihn: Eloya.

Eloya stammte aus einer Fischerfamilie, auf die alle Dorfbewohner herabsahen, weil sie arm war. Er war einen Meter achtzig groß, hatte einen athletischen Körper, ein schmales Gesicht und große Augen, deren Weiß so rein war, dass ich mich ganz darin verlieren konnte. Ich fand, er war ein schöner Mann. Seine gesamte Erscheinung weckte meine Zuversicht und mein Vertrauen, und seine Gesellschaft war so angenehm, dass ich mich heimlich von zu Hause wegschlich, um meine freie Zeit mit ihm zu verbringen. Oft nahm er mich am Nachmittag, wenn die Sonne schon niedrig stand, in seiner Piroge mit auf den Fluss Goué, der an unserem Dorf vorbeiführte. Dann versuchte er, mir die Kunst des Ruderns und den perfekten Paddelschlag beizubringen. Ich liebte es, zwischen seinen Beinen zu sitzen und die Reibung seiner starken Arme an meinen zu spüren, während er mir die korrekte Haltung und die technischen Kniffe erklärte.

Der Fluss war stets ruhig und friedlich. Sanft und scheinbar geräuschlos floss er dahin, doch denen, die richtig zuzuhören wussten, schenkte er die Musik seiner Seele. Wenn wir uns weit genug vom Ufer entfernt hatten, nahm mir Eloya das Paddel aus der Hand, forderte mich auf, die Augen zu schließen und der Stimme des Wassers zu lauschen. Anfangs hörte ich sie nicht. Ich lachte sogar über Eloya, wenn er sagte, der Goué erzähle ihm von der Vergangenheit und der Zukunft, denn der Punkt, an dem wir uns befänden, sei der Ort, an dem der Fluss einst entsprungen war. Dennoch hörte ich gerne zu, wenn er von den großen Schlachten erzählte, die im Lauf der Jahrhunderte in der Umgebung stattgefunden hatten, und von den Millionen vergossener Tränen, aus denen der Fluss entstanden sei. Ich fand, das waren schöne Geschichten. Dass ich sie für wenig glaubhaft hielt, sagte ich nicht, zu sehr genoss ich es, Eloyas Stimme zu hören und in seinen Armen zu liegen. Dann erlebte ich eines Nachmittags ohne jede Vorwarnung etwas, das mir noch heute die Tränen in die Augen treibt. Während ich wie immer in Eloyas Armen lag, streichelte er mir sanft die Hände, den Bauch und die Beine. Ich hatte die Augen geschlossen, als plötzlich eine noch zartere, leichtere Berührung meine Wangen, meine Schultern und schließlich meinen ganzen Körper streifte. Es war der Wind, der mich umwehte und meine Haut flüchtig mit seiner unsichtbaren Hand berührte. Als ich tief einatmete, kam mir die Luft viel reiner und klarer vor als sonst, sie war eine Wohltat für die Lungen. Und dann vernahm ich ihn plötzlich, den Gesang des Flusses. Schön und melodisch wie keine andere

Musik, die ich je in meinem Leben gehört hatte, stieg er aus der Stille empor. Ich hatte das Gefühl, die Stimme jedes einzelnen Wassertropfens zu hören, aus denen sich der riesige Strom zusammensetzte. Eine demütige Ergriffenheit über das Wunderwerk der Schöpfung erfasste mich und ich hatte das Gefühl zu verschmelzen mit dem Moment, der Melodie und dem Universum. Ich hätte weinen können vor Glück und Dankbarkeit über diesen Moment der Offenbarung, doch als ich die Augen aufschlug und mich umwandte, war da er: Eloya.

An diesem Nachmittag auf der Piroge, die so ruhig auf der Wasseroberfläche lag, als wären wir auf dem Festland, kamen wir uns ganz nahe. Unsere Körper und Sinne vereinigten sich und wir gehörten einander zum ersten Mal voll und ganz. Eloya öffnete eine Tür in meinem Herzen. Sie blieb noch eine ganze Weile offen. Wenn auch leider viel zu kurz. Eloya und ich waren unsterblich ineinander verliebt. Ein Leben ohne ihn konnte ich mir schon bald nicht mehr vorstellen. Ich brauchte seine Geschichten und seine Lebensfreude wie die Luft zum Atmen. Das Gleiche galt für unsere Gespräche über die in der Zeit verloren gegangene Ehrfurcht vor der Schöpfung und all die tief in der Erde verborgenen Erinnerungen an unsere Ursprünge, die nur darauf warteten, entdeckt und geborgen zu werden. An Eloyas Seite fühlte ich mich geborgen, verstanden und komplett. Er war die Freude meines Lebens, die mein ganzes Dasein erhellte.

Es war nur eine Frage der Zeit, bis Eloya zu meinen Eltern gehen und um meine Hand anhalten würde. Eines Abends war es so weit. Er versammelte seine Vorfahren und einige Ältere des Dorfes und ging zu meinem Vater. Während sie an jenem Abend im *Appatam*, der überdachten Halle, saßen und

Bandji, Palmwein, tranken, war ich in der Küche und half meiner Mutter, das Abendessen vorzubereiten. Immer wieder spitzte ich die Ohren. Sie tranken den *Bandji* in bester Stimmung, doch als Eloya seinen Antrag vorbrachte, lehnte mein Vater kategorisch ab und weigerte sich, ihm meine Hand zu übergeben. Als ich das hörte, glitt mir die Platte mit dem Abendessen aus der Hand und fiel krachend zu Boden. Dafür schlug mich mein Vater ohne Zurückhaltung und Erbarmen. Aber es kam noch schlimmer. Nachdem die Gäste gegangen waren, teilte er mir mit, er habe mich schon Motobé versprochen, dem großen, mächtigen Motobé. Er war der reichste Bauer der Gegend, in seinen Sechzigern und hatte bereits sechs Ehefrauen, die ihm insgesamt neunundzwanzig Kinder geschenkt hatten. Man sagte über ihn, er sei ein echter Despot und im Bett ein Sadist. Ich war fassungslos, dass meine Eltern bereit waren, mich diesem unersättlichen Wolf in den Rachen zu werfen.

So beschloss ich, mit Eloya zu fliehen. Mir war klar, dass ich durch eine Flucht meine Familie in Verruf bringen würde. Meine Angehörigen würden mich verfluchen und für immer aus dem Kreis ihrer Gemeinschaft verstoßen, aber das war mir gleichgültig. Lieber lebte ich fernab der Familie mein Glück, als mich für den Rest meiner Tage Unterdrückung und Leid unterzuordnen.

Eloya und ich planten unsere Flucht bis ins kleinste Detail. Sie sollte eine Woche, nachdem mein Vater ihm meine Hand verweigert hatte, stattfinden. Vor dem Morgengrauen wollten wir uns am Flussufer treffen und dann den größten Teil unserer Reise auf dem Wasser zurücklegen. Es war ein Aufbruch in eine ferne, unbekannte Welt, von der wir uns Zuflucht erhofften. Bevor der heißersehnte Tag anbrach, machte ich die ganze

Nacht kein Auge zu. Schon vor dem ersten Hahnenschrei erreichte ich den Fluss. Stundenlang wartete ich in quälender Angst und morgendlicher Kälte auf Eloya, den Blick in die Ferne gerichtet und stille Tränen vergießend. Denn ich ahnte schon, dass er nicht kommen würde. Die Stimmen des Flusses verrieten es mir. Sie erzählten die Geschichte eines jungen Fischers, der im Morgengrauen mit seiner Liebsten fliehen wollte, jedoch auf dem Weg zu ihr blutig zusammengeschlagen, geknebelt und mit einem schweren Stein am Fuß ins Wasser geworfen wurde. Doch die Seele des jungen Mannes flüsterte seiner Liebsten zu, sie solle nicht um ihn weinen, denn in der Stunde seines Todes habe er nur an sie gedacht, die er mehr geliebt habe als sein eigenes Leben.

Mein Schmerz war unbeschreiblich. Er zerriss mich innerlich. Für einen Moment glaubte ich, mein Herz würde aufhören zu schlagen, so stark schien es von der Last der Trauer zusammengedrückt zu werden. Meine Eingeweide und mein Magen verkrampften sich. Ich dachte, ich würde sterben und meinem Liebsten nachfolgen.

Nach diesem Tag hörte man nie wieder etwas von Eloya. Weder wurde er von irgendwem erwähnt noch offiziell für tot erklärt. Ich beschloss, Nachforschungen anzustellen. Dabei merkte ich, dass Motobé mich von zwei Kolossen beschatten ließ, die als brutale Grobiane verschrien waren. Eines Abends belauschte ich sie, während sie *Bandji* tranken und sich damit rühmten, Eloya wie einen Stein versenkt zu haben. Als ich das hörte, schwor ich mir, meinen Liebsten, den ich nicht hatte lieben dürfen, zu rächen.

Nach der misslungenen Flucht bereiteten meine Eltern sehr schnell meine Hochzeit mit dem alten Motobé vor. Es wirkte, als wollten sie mich und mein unaufhörliches Weinen schnellstmöglich loswerden. Zwei Wochen später war ich verheiratet. Meine Eltern und alle Gäste der Hochzeitsfeier, auf der es Essen und Wein im Überfluss gab, waren bester Stimmung. Allein ich war todunglücklich. Genau so hatte ich mir meine Hochzeit nicht vorgestellt. Ich hatte von einer einfachen, maßvollen Feier mit Eloya geträumt, in aller Bescheidenheit, am Ufer des Goué, wo wir zueinandergefunden hatten. Die Realität jedoch war eine groteske Orgie, in der ich einem alten Lüstling in die Arme gestoßen wurde, der mich unentwegt betatschte und anwiderte. Ich wusste, das war nur der Anfang. Mein Elend hatte gerade erst begonnen.

Nach dem Fest brachte mich Motobé in seine Lehmhütte. Im Halbdunkel des von einer Sturmlampe erleuchteten Schlafraums funkelten seine kalten Augen vor Lust. Sie ließen mir keinen unbeobachteten Moment. Lauernd lief er um mich herum, lächelte tückisch und benahm sich wie ein Raubtier, das seine Beute einkreist. Ich hatte Panik und wollte nicht, dass er mich berührt. Seine ganze Erscheinung schreckte mich ab. Er war hässlich, gedrungen, und als er sich auszog, fiel mir auf, wie unrein seine Haut war und wie feist sein Bauch, der ihn daran hinderte, seine eigene Erektion zu sehen. Ich wollte weglaufen, aber Motobé packte mich und warf mich auf das harte Bambusbett. Dann war er auch schon über mir und erdrückte mich fast mit seinem massigen Körper. Ich bekam kaum noch Luft. Sein strenger Geruch war überall, seine gierigen Lippen und Hände ebenfalls, so sehr ich mich auch wehrte. Grob riss er mir die Kleider vom Leib. Dann stieß er seinen steifen Penis brutal in mich hinein. Es fühlte sich an, als würden meine Eingeweide zerreißen. Ich schrie laut auf vor Schmerzen. Allerdings nur einmal. Dann drückte mir Motobé seine große Hand auf den Mund und brachte mich unbarmherzig zum Schweigen. Ich wurde in meiner Hochzeitsnacht vergewaltigt. Bis zum Morgengrauen behielt Motobé seine Erektion. Er benutzte mich als Sexobjekt, ohne Rücksicht auf meine Verfassung und meine Würde zu nehmen. Er vergewaltigte mich wieder und wieder.

So ging es etwa einen Monat. Durch Motobé lernte ich die perversesten sexuellen Spielarten kennen. Jeden Tag dachte er sich etwas Neues aus, womit er meinen geschundenen Körper peinigen konnte, und er wurde immer erfinderischer. Am Anfang wehrte ich mich noch, in der Hoffnung ihn dadurch zum Einlenken zu bewegen, doch ich begriff schnell, dass ich auf verlorenem Posten kämpfte. Motobés Lust wurde durch meinen Widerstand nur größer. Mein Weinen und Flehen erregten ihn. Sie spornten ihn an, statt ihn zu hindern. Immer wieder drang er in mich ein, bis ich das Gefühl hatte zu ersticken. Wenn der Tag anbrach, schmerzte mein Rückgrat, und mein Körper ächzte unter der Last sämtlicher durch die Ehe legitimierten Praktiken. Doch niemand schien die Hilferufe zu bemerken, die ich aussandte. Meiner Mutter erklärte ich sogar ganz offen, was los war, aber sie sagte nur, ich solle Geduld haben mit meinem Ehemann. Alles würde besser werden, wenn ich Motobé erst ein Kind geschenkt hätte. Bis dahin solle ich Stärke und Mut beweisen und, noch wichtiger, «der Familie Ehre machen». Aber ich wusste, dass ich sterben oder den Verstand verlieren würde, wenn die Situation blieb, wie sie war. Immer stärker drängte mich mein Verstand, den Hilferufen meines Herzens nachzugeben und zu handeln. Eine vage Ahnung wurde zur Gewissheit: Ich würde eine schreckliche, nicht wiedergutzumachende Tat begehen.

Mit der Zeit gab ich mich gefügiger gegenüber Motobé, wehrte mich nicht mehr, wenn er mich berührte oder brutal wurde. Ich täuschte sogar vor, mir würde gefallen, was er tat, und bat um mehr. Dadurch gewann ich sein Vertrauen. Nach einer Weile ließ mich Motobé sogar die Mischung zubereiten, die ihm seine Manneskraft garantierte. Ein Teelöffel vom Pulver einer aphrodisierenden Wurzel aufgelöst in Ingwersaft sorgte dafür, dass er die ganze Nacht erigiert blieb. Eines Abends wusste ich, dass der richtige Moment gekommen war. Statt einem gab ich zehn Löffel mit dem Pulver in den Saft. Ich war sehr nervös und fürchtete, er könnte die Täuschung bemerken, aber wie üblich schlang er das Elixier in einem Zug herunter. Die Folge war die Erektion seines Lebens. Sein Geschlecht wurde so hart, dass das Blut in den Adern gerann. Wie von Sinnen lief er in alle Richtungen, keuchte, schnaufte, rang nach Luft. Nach fünf Minuten stürzte er zu Boden und sein Körper erstarrte. Sein Penis war immer noch steil aufgerichtet, doch er … war tot.

Noch in derselben Nacht floh ich aus Oukpa. Ohne Ziel und Orientierung schlug ich mich ins Gebüsch, lief immer weiter in die Dunkelheit hinein, nur begleitet vom Rascheln des trockenen Laubs, das unter meinen Füßen knirschte. Ich war hin und hergerissen zwischen einem großen Freiheitsgefühl und brennender Schuld. Zwar war Motobé ein Scheusal gewesen, das sein Schicksal verdient hatte, trotzdem hatte ich ein Verbrechen begangen. Ich war eine Mörderin, und keine Gesellschaft dieser Welt hätte meine Tat toleriert. Ich lief ins Ungewisse. Dennoch drehte ich mich nicht um, sah kein einziges Mal zurück auf mein früheres Leben. Als ich mit dem ersten Tageslicht ein Dorf erreichte, trugen meine Füße mich nicht länger. Erschöpft und ausgezehrt brach ich vor dem ersten Haus der Siedlung zusammen.

Das Schicksal hatte mich dorthin geführt. In dem Gebäude lebte ein Missionarspaar, das mich fand, aufnahm und mit offenen Armen in seiner gerade gegründeten Gemeinde willkommen hieß. Jean-Marc und Marie-Cécile hatten sich zur Aufgabe gemacht, Naturvölkern, die zahlreiche Götter hatten, die Tiere, Bäume, Flüsse und Berge anbeteten, die Heilsbotschaft des Evangeliums näherzubringen. Bei der Suche nach neuen Seelen, die sie bekehren konnten, fragten sie nicht nach Herkunft oder Hintergrund. So fragten sie auch mich nicht, wovor ich geflohen war.

In der Mission hatte ich ein Dach über dem Kopf, einen Platz zum Schlafen und erhielt zwei Mahlzeiten pro Tag. Das war mehr als genug für mich. Im Gegenzug trug ich meinen Teil zur Gemeinschaft bei, ich wusch die Wäsche, spülte das Geschirr und half im Haushalt. Marc und Cécile waren freundlich und gütig. Bei ihnen und ihrem allmächtigen Gott Jahve fühlte ich mich sicher. Nur wenn sich am Abend die Stille über das Haus senkte, kam ich ins Grübeln und dachte daran, dass früher oder später jemand kommen würde, um mich daran zu erinnern, was ich getan hatte, und mich für mein Verbrechen zur Rechenschaft zu ziehen.

Ein Tag folgte auf den anderen und es ging mir zunehmend besser. Immer seltener dachte ich an mein früheres Leben, an Oukpa, Motobé und meine ehemalige Gemeinde. Nach etwa sechs Wochen bei meinen Wohltätern lag ich nach getaner Arbeit auf einer Bastliege, genoss die milde Abendluft und betrachtete den Himmel, in dem Tausende von Sternen funkelten. Sie erzählten Geschichten, die ich zwar nicht verstand, aber trotzdem schön fand. Mein Atem ging langsam, aber befreit, in meinem Kopf herrschten Ruhe und Frieden. Da spürte ich es. Es dauerte nur den Bruchteil einer Sekunde, aber es war unverkennbar, dass sich in meinem Innern etwas rührte. Dass sich dort Leben rührte. Ich war schwanger.

Mein Herz setzte für einen Schlag aus. Mein erster Gedanke war, dass sich in meinem Körper gerade das Böse manifestierte. Es würde heranwachsen und zu einem kleinen Mann werden, zu einem kleinen Motobé. Diese Aussicht brachte mit Gewalt alle schlimmen Erinnerungen zurück, die ich glaubte, hinter mir gelassen zu haben: die körperlichen und seelischen Qualen, die der Vater des Kindes mir zugefügt hatte. Ich wusste, dass ich dieses Baby auf keinen Fall behalten konnte. Ich wäre nie in der Lage gewesen, es zu lieben.

Die Glaubenssätze der Missionare verurteilten Abtreibungen als grausam und verabscheuungswürdig, denn die Heilige Schrift untersagt sie als unverzeihliche, durch nichts zu rechtfertigende Schandtat. Ich erzählte Marc und Cécile die Geschichte eines Mädchens, das bei einer Vergewaltigung von dem Täter geschwängert geworden war. Doch Marc erwiderte, dass ein Embryo ab dem Moment seiner Empfängnis ein vollwertiger Mensch sei, dem Gott erlaubt habe, auf die Welt zu kommen. Demzufolge habe er die gleichen Rechte wie alle anderen Menschen. Die Kirche betrachte Abtreibung als Mord und dafür gäbe es keinerlei mildernde Umstände, denn ein Kind sei nicht verantwortlich für die Verfehlungen seiner Eltern.

Ich verbrachte lange Abende mit Nachdenken. Dabei drängten Erinnerungen an die Oberfläche, die ich lieber auf ewig in der Vorhölle meines Unterbewusstseins vergraben hätte. Der Gedanke, dieses Kind zu behalten, sprengte mein Vorstellungsvermögen. Schon jetzt erinnerte mich seine Gegenwart unablässig an die Qualen, die sein Vater mir angetan hatte. Wäre es erst auf der Welt, würde ich es für lauter Untaten hassen, die es nicht begangen hatte, da war ich mir sicher. Mein Herz und mein Gewissen rangen miteinander, oft weinte ich die ganze Nacht, wollte tot sein, konnte mein Leben nicht mehr ertragen. Marc sagte, wenn der Herr uns eine Last auferlege, gäbe er uns auch die Kraft, sie zu tragen. Aber für mich schien das nicht zu gelten. Ich konnte weder Gottes Mitleid noch seine starke, schützende Hand spüren. Ich war einfach nur allein. Gott hatte mich verlassen.

Lange war ich hin- und hergerissen zwischen Glauben und Gefühl, dann folgte ich meinem Herz und traf eine Entscheidung. Ich wollte meine Schwangerschaft beenden, bevor sie zum offenen Geheimnis wurde. Ich sammelte eine Reihe von Pflanzen und Rinden, von denen ich wusste, dass Schwangere in meinem Dorf nicht mit ihnen in Kontakt kommen durften, und verarbeitete sie zu einer Mixtur, die ich in ein Klistier füllte. In der folgenden Nacht, als das ganze Haus schlief, ging ich damit in den Wald. Unter dem sternenlosen Himmel betete ich lange, reckte die Arme gen Himmel und bat Gott tränenüberströmt um Nachsicht für die Tat, die ich zu begehen gedachte. Er sollte in meinem Herzen lesen, meine Seele ergründen, verstehen, dass ich dieses Kind nicht behalten konnte. Und er sollte gnädig sein, das unschuldige Wesen in sein Reich aufnehmen und mir die Kraft geben, weiterzuleben.

Ich führte das Klistier ein, nahm die Waschung vor und legte mich ins feuchte Gras. Eine tiefe Ruhe senkte sich auf mich herab. Ich dachte an nichts mehr, lauschte den Stimmen des Waldes, dem Rascheln der Blätter im Wind, dem Zirpen der Heuschrecken, dem Ruf der Eulen – eine wunderbare, von der Natur orchestrierte Symphonie, die mich in eine Welt jenseits des Sichtbaren entführte. Sie dauerte etwa fünf Minuten. Dann schossen plötzlich die Schmerzen in meinen Bauch. Sie holten mich mit Gewalt in die Wirklichkeit zurück. Es kam mir vor, als würde ich innerlich brennen, so brutal waren die Krämpfe in meinem Unterleib. In der einsamen Nacht schrie ich meinen Schmerz zunächst laut heraus, doch dann fürchtete ich, dadurch Neugierige herbeizurufen, und biss mit aller Kraft in den Stoff meines Kleides. Ich hockte mich hin und presste so fest ich konnte. Nach einer Weile lief eine Mischung aus Blut und klebriger Flüssigkeit aus mir heraus. Ich spürte meine Beine nicht mehr, der Schmerz ließ die Adern an meinem Hals schwellen, meine Scham stand in Flammen, ich verlor sehr viel Blut. Schließlich brach ich erschöpft zusammen, in der Gewissheit, dass ich sterben würde, um für den Mord zu bezahlen. Ein Leben gegen ein anderes. Wieder wurde alles still. Ich dämmerte dahin, roch das feuchte Gras, die frische Erde, die schwarze Nacht. In meinen wirren Gedanken flackerten Erinnerungen an die Momente auf dem Fluss mit meiner großen Liebe Eloya auf, Bilder meiner Eltern, denen ich sagen wollte, dass ich sie liebte, der Wunsch, noch ein letztes Mal durch die Straßen von Oukpa zu gehen, die friedliche Stimme des Goué zu hören, Marc und Cécile für ihre Großzügigkeit zu danken … Ich wollte leben.

Dass ich nicht tot war, begriff ich erst, als ich im Krankenhaus der Mission mit höllischen Schmerzen im Bauch aufwachte. Marc saß an meinem Bett und sah mich mit einem so mitfühlenden Blick an, dass ich auf der Stelle in Tränen ausbrach. Nach allem, was er für mich getan und was er mich gelehrt hatte, schämte ich mich unendlich für meine Tat. Doch er streichelte nur meine Hand und sagte, ich solle mich ausruhen.

Nach meiner Genesung wurde in der Mission alles anders. Ich weiß nicht, wie es passiert ist, aber die ganze Gemeinde hatte von der Abtreibung erfahren. Marc und Cécile waren mir gegenüber sehr verständnisvoll, aber alle anderen sahen nun mit Hass und Verachtung auf mich herab. Sie ignorierten mich, und wenn ich mich zu irgendetwas äußerte, sagten sie, dass sie meine Meinung nicht hören wollten, denn ich sei eine Sünderin, eine Verfluchte, eine Mörderin. Diese Worte waren für mich wie Faustschläge mitten ins Herz. Sie zerschmetterten endgültig meine Selbstachtung. Schon wieder war ich zu einer Verstoßenen geworden. Manche Gemeindeglieder forderten Marc auf, mich vor die Tür zu setzen, andernfalls würden sie selbst die Mission nicht mehr betreten. Ich kannte Marc gut genug, um zu wissen, dass er diese Bedingung nicht akzeptieren würde, aber mir war auch klar, dass er durch mich in eine unangenehme Lage geriet. Dass ich ihm derartige Probleme bereitete, schürte meine Wut auf mich selbst. In diesen Tagen haderte ich oft mit Gott. Warum belud er mein Leben mit so viel Leid? Warum ließ er mich nirgends meinen Seelenfrieden finden? Die Antwort konnte ich in den Blicken der anderen ablesen: Ich war eine Kriminelle, eine Sünderin.

So lichtete ich erneut den Anker. Als am Monatsende der Wagen kam, der die Mission mit Medikamenten und Lebensmitteln für die kommenden Wochen versorgte, versteckte ich mich vor seiner Abfahrt unbemerkt auf der Ladefläche. Eine weitere Reise begann. Ein neues Kapitel meiner Geschichte sollte geschrieben werden.

Wenn ich mich an all den Schmerz und die Verleumdungen aus meiner Vergangenheit erinnere, muss ich unweigerlich auch an die Tage denken, in denen Marco als Jugendlicher in seinem Zimmer auf dem Boden kauerte, still vor sich hin weinte und Gott anflehte, ihm zu Hilfe zu kommen. Ich konnte sein Leid gut nachempfinden. Ich wusste ja, wie es sich anfühlt, von der Welt verlassen zu sein und niemanden zu haben, der die eigenen Sorgen und Nöte verstehen kann. Wie oft wäre ich gern in sein Zimmer gegangen, um ihm zu sagen, dass er nicht allein war, dass ich immer bei ihm sein würde und meine Liebe zu ihm größer war als alles andere. Aber das ging nicht. Ich konnte nicht zu ihm hineingehen und ihm signalisieren, dass ich ihn verstehe. Am Ende hätte ich ihn damit noch ermutigt, den Weg einzuschlagen, den er für sich vorgezeichnet sah. Aber dieser Weg ist falsch. Was er empfindet, ist teuflisch, anormal und gegen die Natur. Nie würde er die gnadenlosen Blicke der Gesellschaft ertragen und das Leben, das seine Veranlagung ihm auferlegt, aushalten. Heute mag er mir meine Tatenlosigkeit vielleicht übelnehmen, aber alles, was ich getan und nicht getan habe, geschah zu seinem Besten, mit dem Ziel, dass er niemals wie ich gedemütigt und aus der Gesellschaft ausgestoßen wird.

Ich habe fast acht Lebensjahrzehnte hinter mir. Ich kenne unterschiedlichste Geschichten von Männern und Frauen, die sich gegen soziale Normen aufgelehnt und für Bürgerrechte und Freiheit gekämpft haben. Ich bin überzeugt, dass Marcos Kampf aussichtslos wäre. Es geht dabei um eine Sache, auf die alle nur mit dem Finger zeigen wie auf einen gemeinsamen Feind. Ich weiß, wovon ich spreche.

In meinem Dorf gab es einen Sänger namens Ngoyé. Er hatte etwas Feminines an sich, sehr feine Gesichtszüge und eine hohe Stimme, ein bisschen wie Marco, als er noch jünger war. Er nahm an keinem Initiationsritus teil, hatte keine männlichen Freunde und umgab sich stattdessen mit einer

Schar ergebener Frauen, die ihn für seine Anmut bewunderten, denn er war ein besonderer Mensch von großer Schönheit. Vor allem aber hatte Ngoyé die schönste Stimme, die ich je gehört habe. Er beherrschte eine Art Kastratengesang, den er auf Hochzeitsfeiern erklingen ließ, um die Gäste zu erfreuen. An Trauertagen hingegen wurde er zur Lyra, die Herzen und Seelen rührte.

Ngoyé wohnte auch mit dreißig Jahren noch bei seinen Eltern und hatte keine Verlobte. Im Grunde wusste die ganze Dorfgemeinschaft, dass er ein Homosexueller war, aber niemand redete darüber, solange sein Verhalten nicht gegen Sitte und Anstand verstieß. Das Schicksal wollte es, dass er sich mit M'boma anfreundete, dem ältesten Sohn des Königs, dem er bei der Trauer um seine verstorbene Mutter beistand. M'boma sagte, Ngoyés Stimme hätte ihn in seine Kindheit zurückversetzt und an all die kostbaren Momente intensiven Glücks erinnert, die er mit seiner Mutter erlebt hatte. Dafür sei er ihm ewig dankbar. In den folgenden Wochen verbrachten die beiden jungen Männer viel Zeit miteinander. Bald kam das Gerücht auf, der Sänger würde versuchen, den Thronerben zu verführen. In Wahrheit war Ngoyé wohl selbst am meisten überrascht darüber, dass M'boma die Ketten seiner Einsamkeit gesprengt hatte. Er blühte auf, tanzte fröhlich durch die Straßen und hatte fast den ganzen Tag ein Lied auf den Lippen. Auf die sich rasch verbreitenden Gerüchte gab er nichts. Achselzuckend winkte er ab und sagte, jedem stehe frei zu denken, was er wolle. Ngoyés Gleichgültigkeit ärgerte die Männer aus M'bomas Gefolge. Sie empfanden sein Verhalten als Beleidigung und beschlossen, ihm einen Schreck einzujagen, der ihn Demut lehren sollte. Eines Nachmittags lauerten sie ihm auf, passten ihn auf offener Straße ab und sprangen bedrohlich mit geschärften Macheten um ihn herum. Immer wieder kamen die Klingen seinem Körper gefährlich nahe. Und schließlich *zu* nahe. Eine Machete traf versehentlich Ngoyés Hals. Wie eine Fontäne spritzte das Blut in alle Richtungen, Tumult brach aus, aber niemand tat etwas. Es war schnell klar, dass die Verletzung tödlich enden musste. Da erschien M'boma mit einer Gruppe Schaulustiger. Was dann folgte, war die bewegendste Szene, die ich in meinem Dorf je erlebt habe. M'boma beugte sich zu Ngoyé herunter, wischte sein blutverschmiertes Gesicht ab und trug den Körper des Freundes hinunter zum Fluss, damit er von dort aus ein letztes Mal die Schönheit der Schöpfung betrachten konnte. Dabei sang M'boma für Ngoyé ein Lied. Über die ewige Freundschaft zweier Menschen, die der Tod getrennt hatte. Es war herzzerreißend. Ein solches Schicksal will ich meinem Marco, meinem kleinen Engel, ersparen. Was habe ich mich abgeplagt, um ihn empfangen zu können. Ich kann nicht erlauben, dass auch er dem Hass der Menschen zum Opfer fällt.

Nach der Episode in der Mission führte mich meine Reise nach Abidjan. Dort war ich ganz auf mich allein gestellt, ohne Familie, ohne Unterkunft, von allen verlassen. Die Anfangszeit war entsetzlich. Ich verbrachte die Nächte auf dem Marktplatz, wo ich unter den Verkaufstischen zu schlafen versuchte, mit schmerzenden Knochen wegen der Kälte und oft, wenn ich keine essbaren Obstreste mehr in den Müllhaufen fand, mit leerem Magen. Der Markt war ein verkommener Ort, an dem mit allem Möglichen gehandelt wurde. Schon tagsüber wimmelte es von Gaunern und Drogenhändlern, die ihre Waren schamlos in aller Öffentlichkeit feilboten, und sobald es dunkel wurde, begannen die Geschäfte der Nacht. Dann kamen junge Mädchen mit Freiern, die sie hastig auf den

Verkaufstischen besprangen. Als der Akt vollzogen war, gingen sie wieder, und wenig später kamen die Mädchen mit einem neuen Kunden zurück. Ich war mittendrin, in diesem Dschungel der niederen Triebe, dieser feindlichen Welt, in die mich mein Schicksal verbannt hatte – hungrig, verängstigt und in ständiger Sorge, an diesem düsteren Ort zusammengeschlagen oder vergewaltigt zu werden.

Eine Woche lang vegetierte ich auf diese Weise dahin. Dann passierte das Unglaubliche. Ich traf zufällig Adjo, ein Mädchen aus meinem Dorf. Sie arbeitete bei einem reichen Ehepaar als Hausmädchen, und ihrem Aussehen nach zu urteilen, wurde sie dort gut behandelt. Mit ihrem buntbedruckten Kleid und ihren Zöpfen fand ich sie wunderschön. Sie hingegen erkannte mich anfangs kaum wieder, denn ich war abgemagert, verdreckt und verlottert. Ich schilderte Adjo meinen Leidensweg seit Eloyas Tod, von meiner Zwangsehe mit Motobé bis zu meinem Leben bei den Missionaren. Nur Motobés Tod und die Abtreibung ließ ich weg. Adjo vergoss bittere Tränen über mein Unglück, sprach mir Mut zu, gab mir etwas Geld und versprach, alles in ihrer Macht Stehende zu tun, um mir zu helfen. Es tat gut, das zu hören, aber ich gebe zu, dass ich mir wenig Hoffnungen machte. Zwischenzeitlich überlegte ich sogar, ob ich mich wie die anderen Mädchen den Geschäften der Nacht überlassen sollte, doch dann dachte ich wieder an die Lehre von Marc, dem Missionar: Unser Körper ist der Tempel des Herrn, es ist eine Schandtat, ihn durch Prostitution zu missbrauchen. Also betete ich weiter für ein Wunder und versenkte mich schweigend in meinen Kummer.

Tatsächlich kam Adjo nach ein paar Tagen zurück auf den Markt. In Begleitung einer vornehmen Dame, wie man sie aus den feinen Wohnvierteln kennt. Sie war eine Nachbarin von Adjos Arbeitgebern, suchte eine Dienerin und ließ sich davon überzeugen, mich einzustellen. Gott war mir endlich zu Hilfe gekommen.

Sieben Jahre arbeitete ich bei den Kadjos. Sie ermöglichten mir ein besseres Leben und waren gütige Arbeitgeber, die sich nie über mich beklagten. Besonders Madame Kadjo bemühte sich um mein Vorankommen. Jeden Abend gab sie mir Lese- und Schreibunterricht, um eine gebildete Frau aus mir zu machen. Ich nahm das Angebot dankbar an. Mit Feuereifer stürzte ich mich in die Arbeit und die Studien, auch um die Stimmen zum Schweigen zu bringen, die mich überallhin verfolgten und an die Sünden aus meinem früheren Leben erinnerten. Trotzdem wurde ich die Angst nie ganz los. Jede Nacht suchte sie mich heim, um mir aus den Tiefen der Dunkelheit zuzuflüstern, dass ich ein Kind getötet hatte, eine Mörderin war. Immerfort betete ich, dass Gott und die Menschen mir Erlösung gewähren mögen und ich mir irgendwann selbst verzeihen würde, überlebt zu haben. Sieben Jahre der Reue und Selbstkasteiung vergingen, vergleichbar mit der Bestrafung der Ägypter zu Josefs Zeiten in den sieben Jahren der mageren Kühe. Allein die nachbarschaftliche Gegenwart Adjos half mir, wieder in der Wirklichkeit Fuß zu fassen. Sie war eine aufrichtige und treue Freundin, der ich am Ende alle meine Geheimnisse erzählte. Adjo verurteilte mich nicht. Im Gegenteil. Sie stand mir bei in den Momenten größter Angst.

Dann lernte ich Kouo kennen, einen Klempner, der von seiner Firma für Reparaturarbeiten ins Haus meiner Arbeitgeber geschickt worden war. Er war ein schlanker Mann mit einem gutmütigen Gesicht, das mich von vornherein an seine

Rechtschaffenheit glauben ließ. Aber in seinem Blick lag auch etwas Verführerisches, das mich einerseits verwirrte und andererseits an Eloya erinnerte. Kouo hatte eine sanfte Stimme und sprach in einem irritierend zurückhaltenden Tonfall, der mich sofort für ihn einnahm. Als ich mit meiner Arbeit fertig war, sah ich ihm bei seiner zu. Er übte seinen Beruf mit Leidenschaft aus, war geschickt und gründlich und sprach mit den Werkzeugen wie mit menschlichen Wesen. Zwischendurch warf er mir flüchtige Blicke zu. Sie verrieten, was er für mich empfand. Er war ein zweiter Eloya, der mein Herz dazu brachte, sich selbst zu gestatten, noch einmal zu lieben.

Am Ende seines ersten Arbeitstages nahm Kouo all seinen Mut zusammen und lud mich auf einen Spaziergang ein. Junge Leute fänden seine Art, mir den Hof zu machen, sicher altmodisch, aber ich empfand sie als Geste großen Respekts und bestechender Sanftmut. Ich weiß noch, wie seine Stimme zitterte, während er mit mir sprach, wie die Blätter in den Bäumen rauschten, wie ein leichter Wind durch mein offenes Haar strich, wie unbeholfen Kouos zögernde Hand nach der meinen griff und sie streichelte. In seiner Gegenwart spürte ich einen großen Frieden und eine tiefe Freude. Das waren die Vorboten der Liebe, die in meinem Herzen zu wachsen begann.

Danach trafen wir uns regelmäßig. Schon bald wurde die Glut zum Feuer und aus unserer scheuen Liebe eine lodernde Leidenschaft. Letzterer gaben wir uns am Abend unserer Hochzeit hin. In Kouos sanften Händen fühlte ich mich endlich wieder als Frau. Er liebte mich aufrichtig und heilte mit seiner Zärtlichkeit all die Verletzungen, die mir Motobés Gewalt zugefügt hatte. Mit seiner unendlichen Behutsamkeit war er das genaue Gegenteil der großsprecherischen Machos, die behaupteten, Frauen würden es mögen, im Bett grob behandelt zu werden. Kouo war still und geduldig und permanent um mein Wohlergehen besorgt.

Wie Kouos Charakter, so war auch das Leben mit ihm: ruhig und besonnen. Ich gab meinen Job bei den Kadjos nicht auf, denn wir brauchten das Geld, aber nach der Arbeit ging ich nun allabendlich in mein eigenes Zuhause, an der Seite meines Ehemanns, der mich schätzte und mit jedem Tag mehr liebte. Kouo war der ideale Mann für mich. Nie ging er nachts aus, er trank nicht und stritt sich weder mit mir noch mit anderen. Wir lebten ein fast vollkommenes Leben. Es gab nur einen Wermutstropfen: Nach zwei Jahren Ehe störte noch immer nicht der kleinste Krach die Stille unseres gemeinsamen Heims, denn wir bekamen kein Kind. Mehrere Untersuchungen wurden durchgeführt, doch alle Ärzte und Heiler, die wir aufsuchten, versicherten uns, dass wir beide fruchtbar waren. Warum wuchs Kouos Samen nicht in meinem Garten? Diese Frage wurde für uns beide zunehmend zur Belastung, auch wenn wir sie nicht offen aussprachen. Das war auch gar nicht nötig. Ich spürte auch so Kouos tiefen Wunsch, endlich einen Sohn in den Armen zu halten, und wusste, dass seine Familie einen enormen Druck auf ihn ausübte. Mich behandelten meine Schwiegereltern wie eine Hexe. Sie beschimpften mich sogar offen als taube Nuss und schwarze Witwe. So empfand ich jede Monatsblutung als Fluch, über den ich mich an der Schulter von Adjo, meiner einzigen Freundin, ausweinte.

Nachdem diese Situation über Jahre andauerte, verblasste meine Hoffnung, Mutter zu werden, immer mehr. Dann kam der Abend unseres zehnten Hochzeitstages. Kouo lud mich in der Stadt in ein Restaurant ein, wo er mir wie jedes

Jahr seine Liebe erklärte, da geschah es auf einmal. Genau in dem Augenblick, als er mir sagte, wie teuer ich ihm sei und wie glücklich er über unsere ersten zehn Jahre sei, regte sich in meinem Bauch Leben. Wie einst in der Sternennacht auf der Bastliege in der Mission handelte es sich auch hier um einen winzigen Moment. Ein sanftes Zittern schien meinen Bauch von innen zu streicheln. Nur für den Bruchteil einer Sekunde. Doch mir kam er vor wie eine Ewigkeit, dieser Moment, in dem ich zum ersten Mal die Bekanntschaft mit dem Wesen machte, das in mir heranwuchs, mit meinem kleinen Marco. Er war das besondere Geschenk, das dieser Tag für uns bereithielt. Und schon damals spürte ich, dass er ein Kind sein würde, das anders war als die anderen, ein Kind, das etwas ganz Besonderes war.

Kouo war der glücklichste Mensch auf der Welt. Die ganze Nacht hindurch ließ er seine Hand auf meinem Bauch liegen, um zu spüren, ob sein Sohn sich bewegte. Er sagte, er sei sicher, sein erstes Kind werde ein Junge sein, während ich mir ein Mädchen wünschte. Von diesem Tag an behandelte Kouo mich endgültig wie eine Prinzessin. Er brachte mich sogar dazu, meine Arbeit bei den Kadjos aufzugeben, damit ich mich schonen konnte und kein Risiko einging. Die Schwangerschaft verlief ausgesprochen gut. Ein gutes halbes Jahr später war er da, mein kleiner Engel, der reizendste Junge auf Erden. Ich werde nie vergessen, wie herzzerreißend er im Entbindungsraum weinte und schrie, während sein Vater und ich unsererseits Tränen der Freude vergossen.

Wie konnte Marco nach all den schweren Zeiten, den Stürmen und Demütigungen denken, dass ich ihn nicht unterstützte? Oder dass ich ihn nicht verstand? Vom ersten Tag an war er mein Ein und Alles. Er ist es noch heute. Er ist die größte Liebe meines Lebens.

Ich fühle mich schuldig. Ein bisschen ist es wohl auch mein Fehler, dass Marco auf Abwege geraten ist. Ich habe ihn in seiner Kindheit einfach zu sehr verwöhnt. Er war fast ununterbrochen bei mir, und ich ertrug es nicht, ihn weinen oder leiden zu sehen. Wenn er in Tränen aufgelöst nach Hause kam, lief ich ihm entgegen, tröstete ihn, gab ihm einen Kuss auf die Schläfe, sagte, wie sehr ich ihn liebte, und nahm ihn mit aller Zärtlichkeit, die ich aufbringen konnte, in die Arme. Selbst Kouo sagte, ich würde den Jungen durch meine Zuneigung zu sehr verhätscheln. Er meinte, der Charakter eines Mannes entwickele sich gerade dadurch, dass er Schwierigkeiten aus eigener Kraft meistere, und dass Marco eigene Entscheidungen treffen müsse. Ich erwiderte, dass Marco eben etwas ganz Besonderes sei. Damit hatte ich nicht unrecht. Als er fünf Jahre alt wurde, gab der Dämon meinem Sohn das Böse ein.

Marco wirkte immer ein bisschen affektiert mit seinen feinen, graziösen Bewegungen. Doch wenn ich ihn länger beobachtete, während er mit seinen Freunden spielte, redete ich mir ein, sein Verhalten sei für Kinder seines Alters normal. Trotzdem gab mir seine Begeisterung für Hüpfspiele und Puppen zu denken.

Als mir zum ersten Mal in den Sinn kam, dass mein Sohn eine Neigung haben könnte, die der Pfarrer meiner Kirche als «widernatürlich» bezeichnete, war ich niedergeschlagen. Hatte mir das Leben ein vergiftetes Geschenk gemacht? Prompt gingen mir wieder meine Verbrechen von früher durch den Kopf. So sehr ich meine Taten auch bereute, sie blieben schrecklich und unverzeihlich, und ich wollte um jeden Preis verhindern, dass mein kleiner Marco für sie büßen musste. Sein Herz war so rein und seine Seele so unschuldig. Auf keinen Fall durfte das Böse diesen kleinen Engel verderben. Also wappnete ich mich mit Mut und Kraft für den letzten Kampf meines Lebens. Ich wollte Marco vor dem Verderben retten, ihn erlösen und von dem Übel befreien, das in ihm keimte.

Ich begann, ihm Bibelunterricht zu geben. Jeden Sonntagmorgen ging er in die Religionsstunde meiner Kirche, und wenn er von dort zurückkam, ließ ich ihn die Zehn Gebote aufsagen – plus ein elftes, das ich eigens für ihn hinzufügte.

«Ich soll nicht töten, ich soll nicht stehlen, ich muss meine Eltern ehren, ich muss Gott und seine Gebote respektieren …», rezitierte Marco mit seiner klaren, hellen Stimme.

«Und welches ist das wichtigste Gebot, mein kleiner Engel?»

«Das wichtigste ist, dass ein Mann eine Frau heiraten soll und die beiden viele Kinder bekommen.»

Daraufhin prustete Marco laut los und verbarg aus Scham das Gesicht in seinen Händen.

«Und wie viele Kinder wirst du haben, mein kleiner Engel?», fragte ich und kitzelte ihn dabei neckisch.

«Viele, viele, Mama.»

Darüber lachte er noch mehr. Er war so niedlich und offenherzig, dass ich dachte, er würde nichts ahnen von dem Bösen, das an ihm nagte. Und wenn er alle Gebote, die ich ihn lehrte, aufgesagt hatte, lief er hüpfend weg zu seinen Spielsachen, als könne rein gar nichts seiner jungen Seele etwas anhaben.

Diese Zeit war eine harte Geduldsprobe für mich. Einerseits tat ich alles, um Marco auf den rechten Weg zu führen und dafür zu sorgen, dass die anderen Kinder aufhörten, ihn «Warmduscher» zu nennen, andererseits blieben die Resultate aus. Kouo war keine große Hilfe. Er meinte, mein Getue wäre übertrieben und Marco sei genau, wie er sein sollte: ein intelligentes, wunderbares Kind.

Intelligent war er tatsächlich. Das bewiesen seine Schulzeugnisse. Stets war er Klassenbester, aber ansonsten ein introvertiertes Kind, das sich von Jahr zu Jahr mehr in sich selbst zurückzog, in ein Schneckenhaus, dessen Schale so hart war, dass es unmöglich wurde, sie zu durchbrechen. Nachmittags, nach der Schule, verzog er sich in sein Zimmer, wo er rastlos auf und ab lief oder unanständige Magazine las, die für Minderjährige eigentlich verboten waren. Als ich eines Morgens sein Zimmer aufräumte, entdeckte ich ein paar dieser Hefte zufällig unter seiner Matratze. Ich war ziemlich erschrocken über den Inhalt, aber Kouo meinte lachend, für Jungen in Marcos Alter sei es normal, auf diese Weise die Sexualität zu entdecken. Ich solle lieber froh sein, dass es nicht ganz andere Zeitschriften seien.

«Na gut, immerhin steht er auf Frauen», dachte ich. An diesem Gedanken hielt ich mich fest, auch wenn mir mein Gefühl etwas anderes sagte. Marco wuchs zu einem schlanken, gutaussehenden jungen Mann heran, aber seine ausladende Gestik und seine gewählte Ausdrucksweise führten dennoch dazu, dass Passanten in der Öffentlichkeit mit dem Finger auf ihn zeigten und tuschelten, wenn er an ihnen vorbeistolzierte. Marco schien das alles überhaupt nicht zu bemerken und in der besten aller Welten zu leben. Aber ich nahm die Demütigungen umso deutlicher wahr. Und ich litt darunter. Denn ich schämte mich für meinen eigenen Sohn.

Ich verdoppelte den Eifer meines Bibelunterrichts und

ging in die Offensive. Nun lehrte ich ihn ganz direkt das dritte Buch Mose, insbesondere die Stelle, wo klar und deutlich steht: «Wenn ein Mann mit einem anderen Mann schläft wie mit einer Frau, ist das ein Gräuel. Sie werden beide mit dem Tod bestraft.»

Marco sah mich befremdet an, als ich ihm dieses Gebot zum ersten Mal laut vorlas, und je mehr Bibelverse ich rezitierte, desto schweigsamer wurde er. In seinem tiefsten Inneren muss er gedacht haben, dass ich ihn nicht liebte. Fortan redete er mit mir über gar nichts mehr, sondern vergrub all seine dunklen Geheimnisse in seinem Herzen. Traurig und niedergeschlagen zog er sich in die vier Wände seines Zimmers zurück. Und dann, an einem 22. April, kurz nachdem er achtzehn geworden war, hörte ich ihn hinter der Tür auf einmal mit tränenerstickter Stimme beten. In diesem Moment wusste ich sofort, dass er der Sünde anheimgefallen war. Dass ich meinen kleinen Engel unwiederbringlich verloren hatte.

Heute ist mir klar, dass meine Bekehrungsmethoden die falschen waren. Statt Druck aufzubauen, hätte ich Marco sagen sollen, dass ich ihn liebe und wir diese Herausforderung gemeinsam meistern. Doch dafür war es nun zu spät. Er hatte von der verbotenen Frucht gekostet. Nun konnte ich nur noch für sein Seelenheil beten.

Nach diesem Vorfall veränderte Marco sich. Er wurde munterer und kümmerte sich mehr um sein Aussehen. Er kontrollierte seine Bewegungen, sprach mit tieferer Stimme, trieb Sport, bemühte sich um ein männlicheres Auftreten. Ich begrüßte seine Bemühungen, wieder ins Licht zu kommen und eine gewisse Normalität zurückzuerlangen. Als er mit der Schule fertig war, entschied er sich für ein Medizinstudium, meinem Wunsch folgend, einen Sohn zu haben, der Arzt ist.

Ich gab meine Bibelstunden auf, und sein Vater und ich erlaubten ihm, ins Studentenwohnheim zu ziehen. Der Auszug war eine Herausforderung für mich, denn Marco fehlte mir unheimlich. Ich habe nicht viele Freundinnen, und Adjo, die mit ihrem Mann, einem Lehrer, ins Landesinnere gezogen war, sah ich inzwischen nur noch selten. Marco war mein bester Freund gewesen, einer, dem ich wirklich alles erzählen konnte. Manchmal ging ich in sein verwaistes Zimmer, setzte mich aufs Bett und dachte wehmütig an die vielen Nachmittage zurück, an denen wir hier zusammengesessen, geplaudert und gelacht hatten. Mir wurde klar, dass ich eine zu enge Bindung zu meinem Sohn aufgebaut hatte und lernen musste loszulassen. Eine willkommene Ablenkung war, dass ich anfing, mit Kleiderstoffen zu handeln, die die Frauen des Viertels bei mir mit Krediten kauften, die sie innerhalb von zwei Monaten abstotterten, indem sie täglich eine winzige Summe zahlten. Abends, wenn Kouo von der Arbeit gekommen war, lag ich in seinen Armen auf dem Sofa und wir redeten. Er war mein Fels in der Brandung. Bis das unbarmherzige Leben mir auch ihn raubte.

Als Kouo eines Abends von der Arbeit nach Hause ging, wurde er von einem Autofahrer getötet, der nach dem Unfall Fahrerflucht beging. Ich kochte gerade das Abendessen, als die Sekretärin seiner Firma anrief. Sie war wenig feinfühlig und fragte nicht einmal, was ich gerade machte, bevor sie mir die Nachricht mitteilte: «Madame Kouo, Ihr Mann ist gerade auf dem Heimweg überfahren worden. Die Feuerwehr hat seinen Leichnam ins Schauhaus gebracht, meine tiefe Anteilnahme», sagte sie.

Ich wollte gerade die Sauce vom Feuer nehmen, aber in meinem Schockzustand klammerten sich meine Hände wie erstarrt am heißen Kochtopf fest. Ich konnte nicht fassen, dass ich Kouo, den Mann, den Gott mir geschickt hatte, um mir den Glauben an die Liebe zurückzugeben, nie wiedersehen sollte. Keine Ahnung, ob es der körperliche oder der seelische Schmerz war, der mich aus meiner Lethargie riss. Jedenfalls endete sie abrupt mit einem lauten Schrei, der mich fast meine Stimme kostete. Die Frauen des Viertels kamen herbeigelaufen und beruhigten mich, während ich, völlig außer mir, nur wirre Sätze stammelte und mein Geist in eine Parallelwelt zwischen Himmel und Erde abgedriftet war. Tatsächlich wäre ich Kouo damals gern gefolgt, schon um den Schmerz des Kummers nicht länger ertragen zu müssen. Marco kam an diesem Tag später als gewöhnlich aus der Universität nach Hause. Danach weinten wir tagelang zusammen. Jetzt war nur noch er meine Familie.

Der Tod seines Vaters veränderte Marco sehr. Bald ging er jeden Abend aus, kam nachts spät zurück und war oft so betrunken, dass er sich übergeben musste und sein ganzes Zimmer versaute. Eine Weile sah ich machtlos zu, wie mein Sohn immer mehr abstürzte. Dann tat ich, was jede Mutter in meiner Lage getan hätte. Ich schummelte ein bisschen, gab vor, krank zu sein und nahm ihm das Versprechen ab, sein Leben zu ändern, sich eine Verlobte zu suchen, zu heiraten und ein normales, nüchternes Leben zu führen. Meine Inszenierung verfehlte ihre Wirkung nicht. Meine Tränen bedrückten Marco so sehr, dass er zu allem bereit war, um sie zu stoppen. Er fügte sich komplett meinem Willen.

Fünf Monate später verkündete er, dass er Vater werde. Diese Nachricht erfüllte mich mit einer unbändigen Freude – der Art von Freude, die uns Glückseligkeit, Ruhe und absoluten Frieden schenkt. Mein Herz triumphierte, und ich dachte, mein Marco sei geheilt, befreit von dem Übel, das sein Leben zu zerstören gedroht hatte. An diesem Tag tanzte ich durch die ganze Wohnung und pries Gott mit jedem meiner Schritte dafür, dass er mir doch noch meinen größten Wunsch erfüllt hatte: Mein Marco wurde Vater und ich wurde Großmutter! Damit wurden all die giftigen Stimmen, die sich über das Leben meines kleinen Engels das Maul zerrissen, zum Schweigen gebracht. Marco sagte ich, er solle der Mutter meines Enkelkinds schnell ihre Aussteuer geben und für klare Verhältnisse sorgen. Wenig später zog Linda bei uns ein.

Sie war die ideale Schwiegertochter, die perfekte Frau für meinen Marco: sanft, schön, höflich und eine hervorragende Köchin. Sie entsprach dem Bild der vollkommenen afrikanischen Frau. Ich behandelte sie vom ersten Tag an wie meine eigene Tochter, schirmte sie vor Gerüchten ab und erzählte ihr nie von dem fragwürdigen Lebenswandel, den Dämonen und Lastern, denen mein Sohn in der Vergangenheit gefrönt hatte. Es war Ehrensache für mich, dazu beizutragen, dass diese Ehe ewig hielt, auch im Interesse meines zukünftigen Enkelkinds. Linda brachte ein wunderbares Geschöpf zur Welt, dem Marco meinen Vornamen gab: Anastasie. Sie war unsere kleine Prinzessin, das große Glück unserer kleinen Familie.

Marco heiratete Linda trotz enormer innerer Widerstände. Am Vorabend der Hochzeit fand ich ihn in seinem Zimmer, auf dem Boden liegend, während er den Rosenkranz betete. Sein Blick war starr auf das Kruzifix gerichtet, aber seine Augen ruhelos. Als Jugendlicher hatte er oft erzählt, er werde eine wunderbare, riesige Hochzeit feiern mit einer schönen Frau, die in der Lage war, ihm viele Kinder zu schenken. Jetzt war es so weit. Der schönste Tag seines Lebens stand bevor, doch er war todtraurig und verzagt. Wie er da auf dem Boden lag, hatte ich das Gefühl, die Qualen und die Verzweiflung meines kleinen Engels mit Händen greifen zu können. Sein Herz war verwüstet und sein Geist zerrüttet von der Angst, eine falsche Entscheidung zu treffen. Mal wieder verstand ich, was er durchmachte, und mal wieder musste ich hart bleiben, denn ich wusste: Diese Angst war das Kreuz, das er tragen musste, sie war seine Buße. Sie war der Preis dafür, dass ihn das Schicksal auf den einzigen Weg zurückgelenkt hatte, der ihm in dieser boshaften Welt Glück bescheren konnte. So sagte ich ihm jene Worte, die mein Herz mir eingab und die seine Angst hätten mildern können: «Weißt du, Marco, Linda ist eine gute Frau, sie wird dein Geheimnis wahren.»

Als er den Kopf hob, um mich anzusehen, schloss ich schnell die Tür. Er sollte nichts sagen. Er sollte über meine Worte nachdenken. Ich glaube auch, sie haben ihn getröstet, denn am nächsten Tag sah er fröhlicher aus. Nachdem er endlich verheiratet war, war ich erleichtert und beschloss, mich zurückzuziehen, damit er das Familienleben mit Frau und Tochter auskosten konnte. Ich wusste, er war bei Linda in guten Händen.

Fünfzehn Jahre lang führten die beiden eine ruhige Ehe. Als sie nach ein paar Jahren in eine Villa in einem feinen Viertel zogen, und ich nicht mit umziehen wollte, überredete Marco meine Vermieterin, ihm die Dreizimmerwohnung zu verkaufen, in der er geboren und aufgewachsen war, und schenkte sie mir zum Muttertag. Er besuchte mich weiterhin jeden Sonntag. Trotzdem fühlte ich mich schrecklich alleingelassen. Das Einzige, was mich beruhigte, war, dass nun Linda ein Auge auf meinen Marco hatte. Auch sie besuchte mich, wann immer sie konnte. Mehrfach gestand sie mir, sie vermute, dass Marco eine Geliebte habe. Ich antwortete jedes

Mal im Brustton der Überzeugung, dass Marco garantiert keine andere Frau neben ihr hatte, schließlich war mir klar, dass Marco sich nicht für Frauen interessierte. Umso besorgter fragte ich Linda, ob er neue Freunde und Bekannte mit zu ihnen nach Hause brächte. Aber sie verneinte immer. Bis sie eines Tages plötzlich von einem gewissen Gérôme erzählte, einem jungen Mann um die dreißig, der sich neuerdings ständig bei ihnen aufhalte. Als ich das hörte, wusste ich sofort, dass die Zeitbombe tickte und jeden Moment hochgehen konnte. Marco war wieder abgestürzt, aber ich konnte nichts tun, außer für ihn zu beten und zu hoffen, dass er klug genug war, nicht seine Ehe und sein gutes Leben aufs Spiel zu setzen. Dennoch fürchtete ich jeden Abend, wenn das Telefon klingelte und den Namen meiner Schwiegertochter anzeigte, dass die Bombe geplatzt war. Das ist nun passiert.

Meine schlimmsten Befürchtungen sind Wirklichkeit geworden. Gestern rief Linda an. Ich konnte sie anfangs kaum verstehen, so verzerrt war ihre Stimme vom Weinen. Dann fing sie an, Flüche gegen Marco auszustoßen. Spätestens, als ich aus ihrem Mund das Wort «Schwuchtel» hörte, wurde meine bange Ahnung zur Gewissheit. Mir blieb fast das Herz stehen. Eine riesige Schande nahm vor meinem inneren Auge Gestalt an, der Beginn einer düsteren Zeit für meine Familie und mich. Ich dachte an das Gerede der Leute, stellte mir vor, wie Marco zum Gespött unseres Viertels wurde, wie alle meine Bekannten mir gegenüber Mitleid heuchelten, aber dennoch vor meinen Augen über meinen Sohn, den ich so sehr liebte, herzogen, während ich gezwungen war, ihnen empört beizupflichten, damit sie nicht auf die Idee kamen, ich würde den Wahnsinn seiner Sünde gutheißen.

Eine schlaflose Nacht liegt hinter mir, in der ich über alle möglichen Auswege nachgedacht habe, am Ende aber immer nur die Schande sah. Lieber wäre ich tot und bei meinem Kouo, als mich den Demütigungen zu stellen, die mich von nun an verfolgen werden wie eine schlimme Krankheit. Der Morgen begann mit peinigenden Magengeschwüren. Mir ist angst und bange. Ich habe über das Leben meines Sohnes nachgedacht, über die Entscheidungen, zu denen ich ihn gedrängt habe. Ich weiß, dass ich an dem, was heute geschehen wird, ebenso schuldig bin wie er. Habe ich doch die Wahrheit im Grunde immer gewusst: Marco ist homosexuell. So etwas spüren Mütter bei ihren Kindern. Ich habe Marco in meinem Leib getragen und all die Jahre heranwachsen sehen. Ich weiß, dass er ein reines Herz und die Seele eines Engels hat, und kann in seinen Augen immer noch dasselbe Leuchten erkennen, das ihn in seiner Kindheit umgab. Ich verstehe nicht, was Homosexualität ist, und werde es, denke ich, nie verstehen, aber ich weiß, dass Marco alles dafür geben würde, normal zu sein und wie alle Männer unserer Gesellschaft der Norm zu entsprechen. Kein Mann sucht sich dieses Schicksal freiwillig aus. Ich habe volles Verständnis für seine Bedrängnis, aber ich bin auch seine Mutter und habe einen milderen Blick auf ihn als alle anderen. Die Menschen sind verrückt, unerbittlich, böse und wehren sich von Natur aus gegen alles, was ihrer Kontrolle entgleitet. Für Marco haben sie kein Verständnis. Ich kann es nicht ertragen, meinen Sohn leiden zu sehen. Er ist doch alles, was mir geblieben ist.

Ich bin vorbereitet auf seinen Besuch. Ich habe noch einen letzten Trumpf, den ich ausspielen kann, der Marcos Herz umstimmen könnte. Ich hatte in dieser Geschichte immer die

Rolle der Schurkin, der Mutter, die ihren Sohn daran hindert, zu lieben und glücklich zu sein. Aber diese Rolle ist identisch mit dem Part der liebenden Fürsorgerin, den ich seit seiner Geburt übernommen habe. Alles, was ich bis jetzt getan habe, geschah im Zeichen der immerwährenden Liebe, die ich für meinen kleinen Engel empfinde, den reizendsten Jungen auf Erden.

Die Tür geht auf. Es ist Marco. Sein Gesicht ist bekümmert. Aber ich gebe mir Mühe, trotz meiner inneren Qualen zu lächeln. Ein letztes Mal bin ich bereit, alles zu geben, um ihn auf den rechten Weg zurückzuführen.

KAPITEL 3

AN DER SCHWELLE ZUM ERWACHSENENLEBEN

MARCO

Die Wanduhr in meinem Zimmer zeigt fünf nach drei. Ich knipse meine Nachttischlampe an. Herzklopfen, Bauchschmerzen, kalter Schweiß auf der Stirn. Ich bin aus einem furchtbaren Albtraum aufgewacht. Er war vergleichbar mit den Albträumen, aus denen ich in meiner Jugend mitten in der Nacht hochschreckte und an die zu denken mich auf grundlegende Fragen über meine Existenz zurückwirft. Ich bin nicht normal. Schon in meiner Kindheit hat sich in mir ein mysteriöses Anderssein eingenistet. Es keimte, wuchs im Lauf der Pubertät zu einem Baum heran, dessen Wurzeln tief in meinem Herzen ankern und dessen Blätter meiner Seele alles Licht rauben. Ich habe furchtbare Angst: vor meiner Beschaffenheit, vor dem bedrückenden Geheimnis, das ich in den Abgründen meines Seins verborgen halte und das mein Fleisch vernichtet, meinen Geist auffrisst, meine Seele verzehrt, mich leer, erschöpft und vom Dasein angewidert zurücklässt. Diese Veranlagung, die ich lange geleugnet habe, das gemeine Übel, das ich in mir trage, hat mich zum Sklaven gemacht, zu einem Verfluchten, einem Gequälten, der das Leben eines Untoten führt. Ich habe mich selbst des Glücks beraubt, damit die Menschen, die ich liebe, glücklich sein können: Mama, Linda und Anastasie. Ich habe mich für die Frauen meines Lebens geopfert. Und jetzt, an der Schwelle zum Älterwerden, wird mir bewusst, dass ich mein Leben nur gefristet, aber nicht gelebt habe.

Meine Fäuste peinigen, malträtieren die Bettdecke, die ich so fest zusammenknülle, bis ich mich durch den Schmerz in meinen Gelenken lebendig fühle, mir meiner Gegenwart gewahr werde, hier in diesem Zimmer, in dem ich im durchsichtigen, klaren Licht der Nachttischlampe überdeutlich das Ticken der Uhr wahrnehme. Tick-tack. Jede Sekunde erinnert mich daran, wie leer, wie verloren, wie vergeudet mein Leben in all den Jahren war, wie sehr ich vergessen hatte, was es bedeutet, zu lieben. Tick-tack. Mein Herz schlägt im Rhythmus der Uhr, während mein Blick in allen Ecken und Winkeln des Raums Ruhe und Gelassenheit sucht bei den Gegenständen des Alltags. Meine Augen bleiben am Bücherregal aus Teakholz hängen, mit den rund tausend Büchern, die ich seit meiner Jugend gesammelt und von denen ich mehr als die Hälfte gelesen habe. Rechts an der Wand hängt ein gerahmtes Foto von mir im weißen Kittel mit einem Kind auf dem Arm, wenige Tage nachdem ich erfolgreich dessen Lippenspalte operiert hatte. Weiter hinten mein Schreibtisch, ebenfalls aus Teakholz, und der stoffbezogene Stuhl, auf dem ich momentan den Großteil meiner Freizeit zubringe, während ich die traurige Geschichte meines Lebens aufschreibe, die ich niemals veröffentlichen werde.

Mein Herz beruhigt sich. Ich bin wieder im Alltag angekommen. Mein Körper findet seine Sanftheit, Anmut, Beweglichkeit wieder, als mich eine Hand am Rücken berührt. Ich fahre hoch und sehe neben mir die schlafende Linda. Manchmal vergesse ich, dass dies auch ihr Bett ist, als wäre sie gar kein fester Bestandteil meines Lebens, meiner Wirklichkeit. Ich sehe sie an. Sie ist so schön, so ruhig. Ich betrachte meine schöne schlafende Ehefrau. Einen Moment lang lächelt sie. Das Grübchen auf ihrer linken Wange tritt deutlicher hervor, sie ist wunderbar. Ich streichele ihr Gesicht. Sie hat eine zarte Babyhaut, die ich sehr mag. Ich kämme ihr Haar mit den Fingerspitzen. Sie regt sich nicht, ihr Schlaf ist tief. Kein Wunder, nach dem Gewitter der letzten Nacht.

Für ein paar Stunden ist der Sturm, der gestern losbrach, verstummt. Linda hat mich beschimpft, mir gedroht, wegzugehen, mich zu verlassen, wenn ich mich nicht ändere und wieder der Mann werde, zu dem sie am Tag unserer Hochzeit Ja gesagt hat, «bis dass der Tod uns scheidet». Arme Linda! Sie hätte mich nie heiraten dürfen. Ich frage mich immer wieder, was sie dazu bewegt hat, was sie an mir so besonders fand, dass sie meine Frau werden wollte, trotz meines hemdsärmeligen Gangs, meiner zu hellen Stimme, meiner schlaksigen, nicht sehr virilen Erscheinung.

Nach fünfzehn Jahren Ehe ist es mir immer noch nicht gelungen, mich in sie zu verlieben. Dabei ist sie perfekt, eine aufmerksame Gattin, die sich um unser Zuhause kümmert, eine respektable und tugendhafte Frau, wie man sie in der Gesellschaft selten findet. Niemals wies sie mich zurecht oder stritt mit mir. Niemals, bis gestern. Alle ihre Vorwürfe waren gerechtfertigt und legitim, aber das heißt nicht, dass sie etwas ändern. Ich weiß, dass ich mich nicht ändern werde. Das wäre gegen meine Natur und würde mich töten. Arme Linda! Sie war immer nur ein Schaustück im Dekor der Lügen meines Lebens.

Als ich Linda kennenlernte, war ich achtundzwanzig. Ich hatte gerade mein Medizinstudium an der Universität von Abobo-Adjamé in Abidjan abgeschlossen und nahm an einer Kampagne der NGO *SOS-Femme* teil, die sich der Sensibilisierung für die Gefahren der Beschneidung von Mädchen und Frauen verschrieben hat. Die Aktion fand im Westen des Landes statt, in Agougbia, einem Dorf, in dessen Traditionen der Brauch der Beschneidungen fest verwurzelt ist. Dort, in der tiefsten Provinz, sah ich Linda zum ersten Mal inmitten einer Schar Frauen, die von der Feldarbeit heimkehrten. Ich war sofort verzaubert von deren melodiösem Gesang und dem rhythmischen Klatschen ihrer Hände, das sich mit meinem Herzschlag synchronisierte. Linda stand zwischen den Bäuerinnen, ihre Kleider waren schmutzig und abgenutzt, auf dem Kopf trug sie eine Schale voller Maniokwurzeln, doch aus ihren Bewegungen sprach eine ganz besondere Grazie. Bei jedem Schritt wiegte sich ihr schöner weiblicher Körper in vollkommener Anmut hin und her, ihre ebenholzfarbenen runden Augen waren zum Dahinschmelzen, und sie brachte alle, die sie anlächelte, zum Strahlen. Ihr natürliches Selbstvertrauen ließ sich nur als Geschenk der Natur interpretieren. Im Vorbeigehen lächelte sie mir lange zu. Ich empfand auf Anhieb eine große Sympathie für sie, die sich in den vier Tagen meines Aufenthalts noch verstärkte. Ich mochte Linda. Zum ersten Mal verguckte ich mich in eine Frau. Meine Gefühle waren zwar nicht so stark, wie ich sie in den Armen Gérômes und der Männer, die ich nach ihm kennenlernte, empfunden hatte, aber sie waren da und nahmen zu. Das spornte mich an. Ich war wie ein Kind, das zum ersten Mal eine Wahrheit entdeckt, die es nie für glaubhaft gehalten hat. Auf einmal schien ein anderes Leben denkbar, eines, das ich führen könnte, wenn da nicht tief in mir dieses Übel schlummern würde: ein Leben mit Linda, verheiratet und mit Kindern. Diese Alternative hätte viele Probleme gelöst, vor allem mit meiner Mutter.

Seit jenem Nachmittag, als ich mit achtzehn das berauschende Gefühl kennenlernte, gefickt zu werden, in Positionen, zu denen nur Akrobaten der Liebe fähig sind, hatte sich das Verhalten meiner Mutter mir gegenüber verändert. Sie war auf einmal viel präsenter, nahm sich Zeit, mit mir zu reden, fragte ständig, was es Neues gäbe in meinem Leben, oder ob mich etwas bedrückte. Dabei war ich doch glücklich. Das Leuchten einer Freude, die meine Seele erhellte, muss von mir ausgegangen sein, und natürlich entging es meiner Mutter nicht. Immer wieder fragte sie, ob ich eine Freundin hätte, und sobald eine Nachricht auf meinem Telefon einging, spürte ich ihre neugierigen Blicke.

«Nun hör aber auf, Mama! Du bist die einzige Frau in meinem Leben. Ich würde dich nie mit einer anderen betrügen, ich halte dir die Treue», sagte ich zu ihr mit einem überraschten Ausdruck im Gesicht.

Sie lachte, prustete los wie in meiner Kindheit, küsste mich auf die Wange und sagte, ich sei süß. Da war sie wieder, meine liebe Mama. Ich lächelte ebenfalls und nahm sie in den Arm. Meine Liebe zu ihr ist sehr groß. Es ist eine Liebe, die mit keiner anderen vergleichbar ist, außer vielleicht der, die ich für die kleine Anastasie empfinde. Aber als ich achtzehn war, hatte ich noch keine Tochter. Da gab es für mich nur meine Mutter. In gewisser Weise blieb es immer so. Nicht mal Gérôme, meine erste große Liebe, konnte ihr das Wasser reichen.

Ich war wahnsinnig verliebt in Gérôme. Auch wenn er nicht gut aussah, sondern wie ein Jedermann, weder schön noch hässlich, mit seinen halb geschlossenen Augen, die immer müde aussahen, seinem anzüglichen Blick, der Statur eines Rugbyspielers und den schiefen Lippen, die ich ununterbrochen küssen wollte. Ich musste erst lernen, Gérômes Schönheit wahrzunehmen, sie zu erkennen. Sie war unauffällig, so versteckt, dass man zweimal hinsehen und dann noch mal gucken musste, damit sie sich offenbarte. Aber irgendwann lernte ich, sein strahlendes Lächeln, das tiefe Braun seiner Augen, seine sehr kurz geschnittenen Haare und sein Mittelmaß zu lieben, mit sämtlichen Bestandteilen seiner Anatomie, die anderen vielleicht banal erschienen. Was Gérôme umgekehrt von mir und meinem Aussehen hielt, erfuhr ich nie so richtig. Zwar sagte er, ich hätte ein hübsches Gesicht, sei nett, jemand, dem man auf Anhieb vertraut, aber darüber hinaus schien er keine wirkliche Meinung von mir zu haben. Jedenfalls fasste er sie nicht in Worte. Er zeigte mir seine Zuneigung nur im Bett, wenn er in meinen Körper eindrang. Danach jedoch bat er mich, allein vorzugehen, und fand immer irgendeinen Vorwand, mich nicht begleiten zu müssen. Er achtete sehr darauf, in der Öffentlichkeit nicht mit mir zusammen gesehen zu werden. Nur die Wände des ärmlichen Zimmers wussten um unser Liebesspiel, unser ersticktes Stöhnen, das Zähneknirschen, das sich in Seufzer verwandelte, die versauten Worte, die er mir ins Ohr flüsterte. Ich war sein Geheimnis, ein Geheimnis, das sie um jeden Preis verbergen wollten, er und sein breitschultriges Selbstbild vom Normalo mit der sportlichen Erscheinung. Dagegen wirkte ich, der immer große Gesten machte und mit den Händen redete, wahrscheinlich zu schwul, sodass er nicht mit mir in Zusammenhang gebracht werden wollte. Ich litt enorm darunter. Wo gehörte ich denn hin, wenn nicht mal ein Homosexueller an meiner Seite gesehen werden wollte? Die Gesellschaft verunsichert und verängstigt uns. Das haben alle Menschen gemein, die unter ihrer Andersartigkeit leiden.

Mein Leben lang habe ich versucht, anderen Freude zu bereiten, ihnen meine Tapferkeit und meinen Wert zu beweisen. Weil ich dauernd fürchtete, wegen meiner Veranlagung abgewiesen und stigmatisiert zu werden, gab ich mir überall besondere Mühe. Auch als ich beschloss, mich zu ändern. Ich legte mir Verhaltensweisen zu, die ich mir bei meinen Mitmenschen abguckte: zum Beispiel eine männliche Art zu gehen, die nicht meine eigene war und mir schwerfiel. Oder wenn ich sprach, vermied ich Gesten, die mein wahres Wesen verrieten. Ich wurde sozusagen zum Mann. Meine Mutter war froh darüber. Vermutlich dachte sie, die Veränderungen seien die Frucht ihres religiösen Kampfes für meine Erlösung. Jedenfalls hörte sie in dieser Phase auf, mich zu überwachen, mir Bibelunterricht zu geben, und ließ mir mehr Freiheit. Ich war inzwischen volljährig, hatte ein gutes Abitur abgelegt und mich gemäß ihren Wünschen dem Medizinstudium zugewandt. Mama hatte sich immer einen Arzt in der Familie gewünscht. Schon als Kind hatte sie mich, ihren einzigen Sohn, oft «mein kleiner Doktor» genannt. Während des Studiums stand ich deshalb stark unter Druck. Um bei den Naturwissenschaften mitzuhalten, musste ich doppelt hart arbeiten, aber es gelang mir. Ich rackerte mich ab, damit meine Mutter stolz auf mich sein konnte und meinen Wert erkannte.

Das erste Jahr an der Uni laugte mich körperlich und seelisch völlig aus. Jeden Morgen fuhr ich von Yopougon ganz im Westen von Abdjan zur Uni, die sich in Abobo befand, am entgegengesetzten Ende der Stadt im Nordosten. Gegen fünf Uhr morgens machte ich mich auf den Weg, unter den sorgenvollen Blicken meiner Mutter, die an der Tür stehen blieb und mir so lange hinterherguckte, bis ich an der nächsten Kreuzung um die Ecke gebogen war.

«Wenn du dubiosen Menschen begegnest, läufst du weg und kommst zurück nach Hause, ich bleibe hier noch fünf Minuten stehen», sagte sie immer. Woraufhin ich lachte, sie umarmte und ihr sagte, dass ich sie liebte. Dann machte ich mich auf den Weg. Vor Sonnenaufgang war die Straße finster, denn die Glühbirnen der Laternen waren kaputt. Manchmal drehte ich mich um und suchte Mamas schützenden Blick. Er gab mir die Kraft, mich weiter in die düstere Einsamkeit der eisigen Morgendämmerung hineinzubegeben. Die Bushaltestelle war dann noch mal eine Klasse für sich. Trotz der frühen Stunde stand dort immer schon eine endlose Schlange. Verschiedene Studentenvereinigungen regierten den Wartebereich und diktierten ihre eigenen Gesetze. Im Bus durften dann ihre Freundinnen die Sitzplätze besetzen, während wir anderen Rücken an Rücken im Gang standen und uns an den Haltestangen festklammerten, zusammengequetscht wie die Ölsardinen, nach Luft schnappend und nach Schweiß stinkend.

Weil nur wenige Busse kamen, brachen oft Gruppen aus der Warteschlange aus und drängelten sich vor, was wiederum andere dazu veranlasste, das Gleiche zu tun, sodass sich am Ende immer alle darum kloppten, überhaupt noch mitgenommen zu werden. Stets regierte das Gesetz des Stärkeren. Beim ersten Mal schubste mich ein Mädchen weg, warf mir einen bösen Blick zu und sagte: «Bist du überhaupt ein Mann, oder was?» Später nutzte ich die Vorteile meiner Schlankheit, kletterte einfach durchs Busfenster und sicherte mir einen Sitzplatz, während die anderen sich noch an der Tür drängelten. Abends kehrte ich schweißtriefend nach Hause zurück, oft sehr spät und ohne wirkliche Lust, dort je anzukommen. Aber dann war Mama da. Sie war immer da. Mit ihrer Wärme und ihrer Liebe erwartete sie mich an der Türschwelle, nahm mir mit ein paar aufmunternden Worten meine Tasche ab, begrüßte mich und brachte mir, bevor sie schlafen ging, das Abendessen.

Wenn ich heute an all das denke, muss ich immer noch lächeln. Es war eine schöne Zeit. Einerseits schimpften wir über die öffentliche Verwaltung, die keinen Finger rührte, um unsere Studienbedingungen zu verbessern, gegen die Studentenvertreter und Gewerkschafter, die ihre Positionen ausnutzten, um uns zu unterdrücken, andererseits prahlten wir unter Freunden stolz mit den Heldentaten, mit denen wir uns zur Wehr gesetzt hatten. Im zweiten Jahr bewarb ich mich um ein Zimmer auf dem Unigelände und bekam, auch dank meines guten Notendurchschnitts, als einer der ersten eine Zusage.

Auf dem Campus zu leben, hat mich komplett verändert. Ich genoss eine völlig neue Freiheit. Mama wollte nicht, dass ich weggehe und sagte, ohne mich könne sie nicht leben. Ich weiß noch, dass sie sich am Tag meiner Abreise aufführte, als zöge ich ans andere Ende der Welt. Dabei wusste sie genau, dass ich sie am Wochenende besuchen und jeden Tag anrufen würde. Daran hat sich auch jetzt, dreißig Jahre später, wo ich Ehemann und Vater bin, nichts geändert.

Im Studentenheim hatte ich ein Zimmer ganz für mich allein. Dort war ich mein eigener Herr und konnte mitnehmen, wen ich wollte. Von zu Hause brachte ich mein Kruzifix mit, das ich an die Wand hängte, außerdem einen Gaskocher, zwei kleine Töpfe, Teller, Löffel, Messer… lauter Dinge, die meine Mutter mir einpackte. Die erste Nacht war furchtbar. Nie hätte ich gedacht, dass sie mir so fehlen würde. Ich war allein, niemand war da, um mich bei meiner Rückkehr vom Einkaufen mit einem Lächeln und ein paar freundlichen Worten zu begrüßen. Zuvor hatte ich oft von dem Tag geträumt, an dem ich endlich von zu Hause ausziehen würde, um unabhängig und frei von den neugierigen Blicken meiner Mutter ein Leben ohne Furcht zu führen. Aber jetzt, wo der Tag gekommen war, kam es mir vor, als würde alles sinnlos werden, wenn sie nicht in meiner Nähe war, um mir zuzulächeln und zu sagen, dass sie mich liebte und stolz auf mich war.

Einen Teil der Leere, die sich durch ihre Abwesenheit auftat, füllte ich aus, indem ich Gérôme mit ins Studentenheim brachte. Mit ihm erlebte ich meine allererste Liebe. Er studierte Naturwissenschaften und wir waren auf demselben Campus. Jeden Tag trafen wir uns in der Pause auf meinem Zimmer, aßen etwas, redeten und landeten anschließend im Bett, fest umschlungen in inniger Umarmung. Ich vertraute ihm völlig, ließ ihm sogar einen zweiten Schlüssel für das Zimmer anfertigen, was laut Univerwaltung verboten war. Aber war nicht irgendwie alles, was ich mit Gérôme tat, verboten oder verwerflich? Ich gewöhnte mich allmählich daran. Im Lauf des Tages textete ich ihm Dutzende Male. Ich hatte das Bedürfnis, ihm alles zu erzählen, was ich erlebte. Etwa dass man einen Studenten beim Schummeln erwischt hatte und er sich verteidigte, indem er bei seinen Vorfahren schwor, der Spickzettel gehöre ihm nicht; oder dass mein Körper schon während der Seminare am Freitagnachmittag anfing, sich nach Gérômes Berührungen zu sehnen, da ich wusste, dass wir uns am Wochenende fast drei Tage nicht sehen würden; oder dass am Ende des ersten Studienjahres von 1.500 Studenten nur 200 für das nächste Jahr angenommen wurden, zu denen glücklicherweise auch ich gehörte. Gérôme erfuhr wirklich alles von mir. Oft erzählte ich ihm auch von meiner Kindheit. Dabei legte ich den Kopf auf seine breite Brust und redete frei heraus über die Jahre der Sorglosigkeit, in denen ich mir die größten Dummheiten hatte erlauben können, und welche Freude mir die amüsierten Blicken meiner Mutter bereitet hatten, die damals noch nicht argwöhnte, dass ich schwul sein könnte. Wenn ich mit Gérôme zusammen war, holte ich weit aus und erzählte stundenlang. Er hörte mir ruhig, geduldig und respektvoll zu, und wenn er antwortete oder seine Meinung sagte, gab mir seine freundliche, ruhige Stimme ein Gefühl von Sicherheit. Nie hätte ich mir vorstellen können, dass er mich eines Tages betrügen würde, dass all diese Momente mit ihm unaufrichtig waren und das Einzige, was ihn interessierte, mein Körper sein könnte.

Inzwischen war ich im dritten Studienjahr. Es war Freitag, und ich fuhr wie üblich nach Hause zu meinen Eltern. Gérôme nistete sich derweil in meinem Zimmer ein. Manchmal verbrachte er das ganze Wochenende allein dort, während ich weg war. Unser Vertrauensverhältnis hatte sich weiterentwickelt und verstetigt, jedenfalls glaubte ich das. Wir lebten zusammen wie ein Ehepaar, inklusive der unvermeidlichen Lügen und unausgesprochenen Zweifel. Oft bekam ich mit, wie er Nachrichten mit sexuellen Anspielungen erhielt, aber wenn ich ihn darauf ansprach, hatte er immer derart plausible Erklärungen parat, dass ich mein Misstrauen sofort wieder über Bord warf. Schließlich liebte ich ihn.

Als ich an jenem Wochenende bei meiner Mutter ankam, hatte sie gerade erfahren, dass eine ihrer Tanten gestorben war.

Sie war dabei, ihre Koffer zu packen, um zum Haus der Verstorbenen zu fahren. So beschloss ich, auf den Campus zurückzukehren, denn mit meinem Vater allein hätte ich mich auf Dauer einsam gefühlt. Mein Telefon war nicht aufgeladen, deshalb kündigte ich Gérôme meine Rückkehr nicht an und erreichte den Campus, ohne dass er davon wusste. Als ich vor meiner Zimmertür stand, glaubte ich, drinnen lautes Stöhnen zu hören. Ich erschrak und stellte mir das Allerschlimmste vor. Mein Herz riet mir, die Beine in die Hand zu nehmen und wegzulaufen. Manche Türen lässt man besser ungeöffnet. Zu schädlich und gefährlich sind die Geheimnisse, die sie verbergen, und zu schockierend die Offenbarung aller Lügen, auf denen wir unser Leben aufbauen. Doch ich wollte wissen, was da geschah, und ein für alle Mal meine Zweifel und Ängste auslöschen, selbst wenn dadurch meine auf Sand gebaute Beziehung in sich zusammenstürzte. Niemand kann das Licht der Sonne mit den Händen verdecken. Also steckte ich den Schlüssel ins Schloss, ohne dabei auch nur das kleinste Geräusch zu verursachen, und öffnete ruckartig die Tür.

Das Schauspiel, das sich mir in meinem eigenen Zimmer, auf meinem eigenen Bett darbot, trieb mich fast in den Wahnsinn. Ein junges Mädchen saß rittlings auf Gérômes Lenden und stöhnte bei jedem seiner Stöße laut auf. Fassungslos und erschrocken, mich zu sehen, bedeckte er sein Gesicht mit beiden Händen, während sie sitzen blieb, dumm guckte, unsere Reaktionen zu deuten versuchte, aber nicht zu begreifen schien, warum es mich so schockierte, dass sie mit meinem besten Freund schlief.

Ich stand da wie festgenagelt, völlig verdattert, tief erschüttert. Als ich wieder in der Lage war, mich zu rühren, knallte ich die Tür zu und lief weg, ohne auch nur ein Wort an die beiden gerichtet zu haben. Ich ließ sie zurück, wie ich sie angetroffen hatte, und fuhr wieder nach Hause. Meine Welt brach zusammen. Gérôme, mit dem ich gehofft hatte, bis zum Ende meiner Tage zusammenzubleiben, hatte mich betrogen und verraten. Ich vergoss bittere Tränen, weinte wie ein Kind. Es fühlte sich an, als würde mein Herz von Dornen durchbohrt. Es blutete und ich hatte entsetzliche Schmerzen. Das waren nicht nur seelische Schmerzen. Sie waren auch körperlich und erdrückten, erstickten, zerfetzten mich fast. Mein Kummer war so groß, dass ich ihn kaum zähmen konnte. Mein Herz ertrug ihn nicht. Kein Herz hätte ihn ertragen.

Am folgenden Montag kehrte ich auf den Campus zurück. Mein Zimmer war leer, Gérôme verschwunden. Er hatte mein Herz zum Implodieren gebracht und sich aus dem Staub gemacht. Alles in diesem Raum erinnerte mich an ihn und in den Laken hing noch sein männlicher Duft. Ich warf mich aufs Bett und hielt mir die Decke unter die Nase, doch alles, was ich einsog, war der Geruch des Verrats. Das ganze Elend nahm mich derart mit, dass ich beinahe bei den Prüfungen versagt hätte. Jeder Tag kam mir düster, traurig, eintönig vor, weil ich ihn nicht mit dem Mann teilen konnte, den ich liebte und zugleich hasste. Hin- und hergerissen zwischen diesen beiden gegensätzlichen Gefühlen, war ich nicht mehr in der Lage, nachzudenken oder meinen Verstand einzusetzen. Ich war halt immer noch verliebt. Liebe ist unverbesserlich, absurd und irrational. Ich rief Gérôme an und entschuldigte mich bei ihm, in der Hoffnung, er würde zurückkommen. Ich bat ihn allen Ernstes um Verzeihung dafür, dass ich ihn so sehr vernachlässigt hatte, dass er mich in meinem eigenen Bett mit dieser jungen Frau hatte betrügen müssen. Ich wollte einfach nur, dass er wiederkam, mich in die Arme nahm und ich wieder sein Herz schlagen hören konnte. Da war ich, strampelte mich ab und bettelte um die Liebe eines Mannes. Aber er kam nicht zurück. Gérôme war taub für mein Flehen und meine Verzweiflung. Es war, als hätte er mich nie geliebt.

Heute bin ich mir des harten Weges bewusst, den ich hinter mir habe. Er hat mir eine Weisheit gezeigt, die uns nur offenbar wird, wenn wir wirklich am Boden liegen. Ich weiß nicht, woher ich in jenen Tagen die Kraft nahm, um nicht vor Liebeskummer zu sterben, aber mein Herz erholte sich. Heute schlägt es wieder mit voller Kraft. Vielleicht sogar noch kräftiger als damals. Denn es ist von ebenso großer Liebe erfüllt wie bei jenem ersten Mal.

Nach der Zeit mit Gérôme lernte ich andere Männer kennen. Viele Männer. Eine Begegnung folgte auf die andere. Nach der zwanzigsten hörte ich auf zu zählen. Ich verbot mir selbst, mich in einen dieser Typen zu verlieben, denn eine weitere Enttäuschung hätte mich umgebracht. Stattdessen stürzte ich mich in oberflächliche, rein körperliche Begegnungen, in flüchtige Treffen, die mir für ein paar Momente das Gefühl gaben, geliebt und begehrt zu werden. Diese Phase der Ausschweifungen dauerte fast vier Jahre lang, bis zu dem Tag, an dem das große Unglück über meine Mutter und mich hereinbrach.

Nachdem ihn das Auto erfasst und dessen Chauffeur Fahrerflucht begangen hatte, starb Papa auf der Stelle. Bei dem Unfall wurde sein Schädel zertrümmert. Ich weiß noch, in welchem Zustand der Aufgelöstheit ich meine Mutter vorfand, als ich am Tag seines Todes von der Uni zurückkam. Mit versteinerter Miene saß sie in einer Ecke des Hauses, umgeben von Frauen aus der Nachbarschaft, die gekommen waren, um sie zu trösten. Sie gab unverständliche Worte von sich und starrte auf ein Foto meines Vaters, das sie mit beiden Händen festhielt, die jeweils mit Verbänden umwickelt waren wegen der Verbrennungen, die sie sich zuvor am heißen Kochtopf zugezogen hatte. Es wirkte, als hätte sie sich aus der irdischen Welt verabschiedet und befände sich in einem Paralleluniversum. Als ich endlich begriff, dass mein Vater seinen Vorfahren nachgefolgt war, übermannte auch mich der Schmerz. Ich hatte meine Emotionen noch nie zurückhalten, eindämmen oder beherrschen können, so wandte ich mich mit einem tiefen Schluchzen an meine Mutter, das sie aus ihrer Lethargie riss. Sie streckte mir ihre tröstenden Arme entgegen und ich warf mich unter lautem Klagen hinein. Mama dagegen weinte lautlos. Ihre Tränen benetzten meinen Kopf, sie zog mich fest an sich, und ich spürte ihren Jammer, ihre Bestürzung, ihre Einsamkeit. Tagelang weinten wir.

Papas Tod hinterließ eine große Leere. Erst jetzt wurde mir klar, wie sehr ich ihn geliebt und verehrt hatte. Sein plötzliches Verschwinden rief ein Schuldgefühl in mir wach, das mich noch heute quält. Papa starb, ohne mich wirklich zu kennen, ohne zu wissen, wer ich war. Ich habe es nie gewagt, ihm mein wahres Wesen zu offenbaren. In den bedrückenden Tagen nach seinem Tod stellte ich mir ein Leben vor, in dem meine Eltern beide wussten, dass ich schwul bin, und es akzeptierten. Aber die Wirklichkeit sah anders aus. So wandte ich mich wieder den Männern zu und setzte mein Lasterleben fort.

Ein Jahr nach Papas Tod bat Mama mich zu sich. Sie sprach mit mir, wie nur eine Mutter es kann. Sie ließ mich auf einem weißen Sessel Platz nehmen und hielt mir eine Ansprache, die sie sicher gut vorbereitet und dutzende von Malen geübt hatte, um den richtigen Ton zu treffen. Sie kannte mich und wusste, welche Strippen sie ziehen musste, damit ich ihr gehorchte. Sie begann damit, mir zu sagen, was für ein wunderbarer Sohn ich sei und welch grenzenlose Freude ich in ihr Leben gebracht hätte. Zwischendurch brach sie in Tränen aus. Sie weiß, dass ich es hasse, sie traurig zu sehen.

«Entschuldige, dass ich eine zu strenge Mutter war. Ich bedauere sehr, dass ich dir nicht all die Liebe geben konnte, die du brauchtest.»

Danach weinte sie noch heftiger.

«Wein doch nicht, Mama, du hast alles getan, um mich zu dem Menschen zu machen, der ich bin. Du bist die beste Mutter der Welt. Ich liebe dich mehr als mein eigenes Leben, und das weißt du.»

«Wenn du mich wirklich so liebst, wie du sagst, dann hör mit deinem lasterhaften Leben auf und bring Ordnung hinein, mein Sohn. Ich bin alt, bald werde ich sterben und deinem Vater ins ewige Himmelreich folgen. Ich möchte dieses Leben in Frieden verlassen, in dem Wissen, dass du glücklich bist, ein gemachter Mann, verheiratet, Vater und Oberhaupt einer Familie. Das ist das Einzige, worum ich dich bitte, das einzige Geschenk, das du deiner armen leidenden Mutter noch machen kannst.»

Und wieder stiegen ihr die Tränen in die Augen.

An diesem Abend habe ich ihr alles versprochen: dass ich Ordnung in mein Leben bringe, dass ich ihren Traum, Großmutter zu werden, erfülle und alles tun werde, um ihren Wünschen zu entsprechen, wenn sie mich nur nicht mehr so traurig ansähe.

Zwei Monate später begegnete ich Linda auf der Aktion gegen Beschneidungen. Der Traum von einem anderen Leben, in dem meine Mutter glücklich war und ich zu einer gewissen Sicherheit und Normalität fand, wurde greifbar.

Linda war wunderbar. Es fiel mir nicht schwer, Zuneigung zu ihr zu entwickeln. Sie war eine der wenigen Frauen ihres Dorfes, die nicht beschnitten und trotz ihrer zweiundzwanzig Jahre noch unverheiratet und kinderlos war. Sie erzählte mir von der Tradition, dass die Männer ihrer Kultur Frauen heirateten, die die Beschneidungsschule durchlaufen hatten und beschnitten worden waren, weil diese Frauen als besonders wertvoll und tugendhaft angesehen wurden. Jeden Abend, wenn sie von den Feldern kam, brachte sie mir etwas zu essen, leistete mir Gesellschaft und stellte unzählige Fragen über das Leben in der Stadt. An meinem letzten Abend kam sie mit einer Flasche *Bandji*, die wir gemeinsam leerten. Ich trank deutlich mehr als sie, und im Rausch dieser Nacht muss ich verrückte Dinge getan haben. Ich weiß nicht, was genau geschah, aber als ich aufwachte, war ich nackt und Linda lag dicht an mich geschmiegt neben mir. Ebenfalls nackt. Sie schlief tief und fest.

Erst ging ich davon aus, ich würde sie nie wiedersehen, auch wenn ich weiterhin oft an sie denken musste, vor allem wenn ich am Sonntag meine Mutter besuchte, denn ich konnte mir gut vorstellen, dass sich die beiden gut verstanden hätten und Linda in Mamas Augen die ideale Schwiegertochter gewesen wäre. Am Ende spielte mir das Schicksal einen Streich. Drei Monate später nahmen Lindas Eltern über die NGO Kontakt zu mir auf. Sie baten mich, schnell zu ihnen zu kommen, da ihre Tochter krank sei. Ich fuhr sofort hin. Als ich ankam, fand ich Linda mit einem leicht gewölbten Bauch vor. Die «Krankheit» war eine Schwangerschaft. Nachdem das geklärt war, ging alles sehr schnell. Bevor ich einen klaren Gedanken fassen und mich fragen konnte, ob ich die richtige Entscheidung traf, hatten meine Onkel bereits die

Mitgiftzeremonie durchgeführt und Linda war nach alter Tradition meine Ehefrau.

Mama war sprachlos, als ich ihr erzählte, dass ich Vater werde. Erst traute sie ihren Ohren nicht, dann war sie außer sich vor Freude, tanzte durchs ganze Haus, versuchte sogar, mich Huckepack zu nehmen, und telefonierte die ganze Familie durch, um die große Neuigkeit zu verbreiten: Ihr Sohn wurde Vater. Noch nie hatte ich meine Mutter so glücklich, heiter und ausgelassen erlebt. In ihrem Jubel strahlte sie eine Jugend und Lebhaftigkeit aus, die ich gar nicht mehr von ihr kannte. Nach der Mitgiftzeremonie zog Linda zu uns. Die beiden verstanden sich auf Anhieb. Mama nahm meine Frau unter ihre Fittiche.

Ich selbst brauchte eine Weile, um mich von dem Ereignis zu erholen, das mein Leben völlig über den Haufen warf. Mir war nicht von Anfang an bewusst, welche Auswirkungen die Entscheidung für eine Hochzeit auf mein Leben haben würde. Von nun an war ich gezwungen, abends zu Hause bei meinen Frauen zu bleiben, die mich mit der Zeit immer mehr beanspruchten.

«Liebling, deine Tochter will ihren Vater bei sich haben. Schau mal, sie bewegt sich.» Damit nahm Linda meine Hand und legte sie auf ihren Bauch. Aber ich spürte absolut gar nichts.

«Warte noch ein bisschen und du wirst merken, sie bewegt sich.»

Also blieb ich den ganzen Abend sitzen, sah sie an, beobachtete den Höcker auf ihrem Bauch, der das kleine Wesen beherbergte, das bald zur Welt kommen würde, und fühlte mich völlig in die Zange genommen. Wie hatte ich mir nur solche Probleme aufhalsen können?

Aus dem Embryo wurde ein Fötus und aus dem Fötus ein kleiner Mensch, dessen Herz ich schlagen sah, als ich mit Linda zum ersten Ultraschall ging. Die Atmosphäre zu Hause wurde derweil zunehmend unerträglich. Mein Körper schrie nach einer Form der Zuwendung, die nur ein Mann mir geben konnte. Seit Linda bei uns wohnte, sah ich mich außerstande, Sex mit ihr zu haben. Ich verspürte nicht die geringste Lust. Manchmal fragte ich mich ernsthaft, ob das Kind wirklich von mir war. An die Nacht seiner Zeugung hatte ich nicht die kleinste Erinnerung, nur an den Morgen danach, als Linda bereits ohne Kleider neben mir gelegen hatte, mit ihrem schönen, ruhigen Gesicht.

Weil ich jetzt nicht mehr auf dem Campus lebte, wurde es schwierig bis unmöglich für mich, heimliche Treffen zu vereinbaren, denn es gab ja keinen Ort mehr, an dem ich meine Liebhaber hätte empfangen können. Hinzu kam, dass meine Mutter nun mehr denn je über mich wachte. Eines Morgens, als Linda in der Geburtsklinik war und sie gerade auf den Markt gehen wollte, brachte ich einen Mann mit nach Hause. Er war ein athletischer, maskuliner Typ, wirkte eher wie ein Frauenheld, und ich stellte ihn meiner Mutter als Kommilitonen vor. Ich weiß nicht, ob sie seherische Kräfte besitzt, aber sie wusste sofort, was Sache war. Erst sah sie mich lange an, dann sagte sie lachend: «Macht keine Dummheiten, ich bin in weniger als zwanzig Minuten wieder da.»

Damit verschwand sie. Ihre Worte wirkten wie eine Lähmung auf mich. In der wenigen Zeit, die mir mit meinem Romeo blieb, spürte ich ununterbrochen ihren Blick auf mir. Am Ende hatte ich solche Angst, dass sie uns mitten im Liebesspiel überraschen könnte, dass ich das Ganze nach einer Viertelstunde abwürgte und den Typen bat zu gehen. Ich wollte nicht, dass sie ihn bei ihrer Rückkehr noch antraf. Später musste ich ziemlich lachen über die Geschichte, denn meine Mutter brauchte an diesem Tag geschlagene drei Stunden für ihre Einkäufe.

Es war eine der schwierigsten Phasen meines Lebens. Mit jedem Tag fühlte ich mich schwächer. Der unaufhörliche Kampf zwischen der Vernunft und meinem wahren Ich, das aus seinem selbst gewählten Gefängnis ausbrechen wollte, erschöpfte mich, deprimierte mich, nahm mir die Luft zum Atmen. Die eiserne Maske, die ich zu tragen mir auferlegt hatte, wog schwer und deformierte mein Gesicht, das einst so schön gewesen war, bis zur Unkenntlichkeit. Die Umstände trieben mich in den Wahnsinn, aber sie waren nicht zu ändern. Ich musste durchhalten, für die Menschen, die mir am wichtigsten waren, für die Frauen meines Lebens. Für diese Frauen war ich bereit, das Unmögliche zu wagen, weil ein unsichtbarer Faden mein Herz mit den ihrigen verband.

Liebe ist ein so schönes, so großes Gefühl, dass man ihr mindestens einmal begegnet sein muss, um die volle Energie des Lebens gespürt zu haben. Aber Liebe kann auch unsinnig und idiotisch sein. Zum Beispiel, wenn sie uns dazu drängt, auf das wahre Leben zu verzichten und uns in ein Schicksal zu fügen, das einem Todesurteil gleichkommt. So war es bei mir. Ich beschloss, mich selbst zu opfern, um Mama wieder lächeln zu sehen. All meine inneren Kämpfe habe ich für sie geführt, mit dem Ziel, ihr ein untadeliges Leben zu ermöglichen, damit sie meinen Wert erkennen und stolz auf mich sein kann. Dafür habe ich auf einen Teil von mir selbst verzichtet, den Teil, durch den ich mich lebendig fühle. Ich wäre wohl vor Einsamkeit, Kummer und Beklommenheit gestorben, wenn mich nicht eine andere Liebe gerettet und mir einen neuen Lebenssinn geschenkt hätte, der für meine Existenz notwendig war.

Linda brachte das schönste aller Mädchen zur Welt: Anastasie, die ich nach meiner Mutter benannte, weil sie die gleiche spitze Nase hatte. Ich konnte sie stundenlang betrachten, wenn sie in ihrer Wiege lag, so klein, so unschuldig und treuherzig, mit ihren winzigen Händen und ihrem Mund, der die Brust der Mutter suchte, während die Beinchen in alle Richtungen strampelten. Meine Augen betrachteten dieses kleine Neugeborene, und mein Herz dankte ihm dafür, dass es mir wieder einen Lebenssinn gegeben hatte. Denn von diesem Moment an wusste ich, dass nichts mehr war wie früher, dass nun die Kleine der Mittelpunkt meines Daseins war.

Anastasie war meine Sonne. Ich hatte nie damit gerechnet, eines Tages ein Kind zu bekommen, und erst recht nicht damit, dass ich es auf so fatale Weise bekommen würde, durch eine Nacht der Trunkenheit, an die ich keinerlei Erinnerung hatte. Aber jetzt war ich Vater, der Vater von Anastasie. Ich war bereit, Verantwortung dafür zu tragen, dass sie unversehrt das Erwachsenenalter erreichte. Ich wollte ihr nahe sein und dafür sorgen, dass ihr nichts zustieß, ich wollte ihre Ängste und ihren Kummer mit ihr teilen und ihr bester Freund sein. Vor allem aber wollte ich verhindern, dass sich bei ihr die Situation wiederholte, die ich als Kind mit meiner Mutter erlebt hatte, als ich meine Sorgen so lange in mich hineingefressen hatte, bis in meinem Innern die Implosion geschehen war, die alle Zellen meines Herzens verschlungen und es verödet hatte. Anastasie sollte es besser haben.

Zwei Jahre nach ihrer Geburt heiratete ich Linda auch amtlich. Ich wurde Kinderarzt in einer angesehenen Privatklinik und machte mir in meinem Fachgebiet einen Namen.

Linda und ich zogen erst in eine eigene Wohnung und dann, als ich meine eigene Praxis eröffnete, in eine Villa am Meer. Mama wollte nicht umziehen. Trotz aller Bitten blieb sie in ihrem Zuhause wohnen.

«Ich würde mich in eurem feinen Viertel zu einsam fühlen», sagte sie und sah mich entschuldigend an.

«Aber du bist doch nicht allein, Linda ist da und deine Enkelin und natürlich ich, der dich liebt.»

«Ich habe mein ganzes Leben hier verbracht. Hier habe ich dich empfangen, hier hast du deine ersten Schritte gemacht, hier habe ich meinen kleinen Jungen aufwachsen sehen. Dies ist mein Zuhause, ich will hier nicht weg.»

Sie fing an zu weinen, und ich nahm sie in den Arm.

«Ich besuche euch, so oft ich kann. Außerdem wirst du hier immer ein Zimmer haben, für den Fall, dass ...» Dabei zwinkerte sie mir zu, und mir wurde eiskalt.

«Ein Zimmer für den Fall, dass ...» Für den Fall, dass meine Ehe schiefging und ich die schönste und verständnisvollste Frau verlor, die es gab? Mama ließ mich mit ihren Worten oft im Ungewissen, aber der vielsagende Unterton in ihrer Stimme hatte stets zur Folge, dass ich all die schlimmen Dinge zu fürchten begann, die sie über mein Leben hätte wissen können. In den dunklen Kammern unserer Herzen verstecken wir doch alle Leichen, Dämonen und Ungeheuer, die uns bei Freunden und der Gesellschaft in Misskredit brächten, wenn sie entdeckt würden.

Ich zog also um. Mit meiner Familie, meiner Linda und Anastasie, den beiden Frauen, bei denen ich mir geschworen hatte, sie vor allem und jedem zu beschützen, die ich aber nicht vor mir selbst schützen konnte, vor meiner Veranlagung und meinen Lügen. Es fiel mir stets schwer, Linda im Bett zu befriedigen. Wenn wir einmal im Monat miteinander schliefen, musste ich mir irgendwelche Männer vorstellen, um meine Erektion halten zu können. Als Ausgleich fuhr ich am ersten Wochenende im Monat immer zu erfundenen Fortbildungsseminaren nach Yamoussoukro. Bei diesen Ausflügen tat ich meiner Libido Genüge. Ich wusste, dass Linda misstrauisch war, aber sie sagte nie etwas und nahm es schweigend hin. So vergingen zwei Jahre.

Eines Abends, als ich an meinem Schreibtisch saß und schrieb, kam Anastasie, die inzwischen fünf Jahre alt war, zu mir und fragte, warum ihre Mama immer weinte, wenn ich auf Reisen war. Ich wusste nicht, was ich antworten sollte, aber das traurige Gesicht meiner kleinen Prinzessin machte mich so betroffen, dass ich sie in den Arm nahm, ihr einen Kuss auf die Stirn gab und noch im selben Moment beschloss, mit alledem aufzuhören. Ich hatte mir vorgenommen, Anastasie zu beschützen. Sie war die einzige Unschuldige in dieser Geschichte. Also löschte ich alle Nummern schwuler Männer, die ich in meinem Telefon gespeichert hatte.

Danach lebten wir zehn Jahre als christliche Vorzeigefamilie. Ich war im Kirchenvorstand, Linda zuständige Vertreterin der Rosenkranz-Gruppe. Aber perfekte Familien verbergen oft schlimme Geheimnisse, manchmal gar unvorstellbare Verbrechen. Ich habe das Zimmer, das meine Mutter mir «für den Fall, dass …» angeboten hat, nie gebraucht. Bis gestern, dem Tag des heftigen Streits, den die hysterische Linda anzettelte, vor allen unseren Nachbarn, die über das, was sie da erfuhren, ganz schockiert waren. Bis zum gestrigen Abend, an dem alle Masken fielen, und all die tief in unseren Herzen verborgenen Wahrheiten ans Licht drängten. Nach so vielen Jahren des

Verschweigens brachen sie sich mit solcher Gewalt Bahn, dass sie bei uns beiden tiefe Wunden hinterließen. Sie entrissen uns mit Macht die Rüstungen, mit denen wir uns jahrelang geschützt hatten. Plötzlich standen wir einander nackt und wehrlos gegenüber, denn Herzen lügen nie.

Ich bin erschöpft. Ich habe im Lauf meines Lebens zu viele unnütze Schlachten geschlagen. Wie alle Menschen dieser Welt wollte ich glücklich werden, meinen Seelenfrieden finden, das Gefühl haben, dass mir mein Leben nicht durch die Finger rinnt und ich stets Herr meiner Lage bin. Aber ich habe Wege eingeschlagen, die mir alle Energie geraubt und den Strom der Freude, der in der Kindheit mein Herz durchfloss, ausgetrocknet haben. Ich bin mir selbst verloren gegangen, auf einer der dichtbeschriebenen Seiten meiner Geschichte. Irgendwann habe ich aufgehört, mich wie ein Kind zu freuen und das Leben mit Bewunderung, Staunen und Neugier zu betrachten. Ich wägte ab, rationalisierte mein Verhalten, fügte mich der Norm, dem ungerechten System, nach dem alle an derselben Elle gemessen werden. Das Leben macht uns groß, klein, dick, dünn, schwarz, weiß … Wir sind alle verschieden. Ist das nicht deutlich genug, um zu erkennen, dass ein Einheitssystem nicht für jeden passen kann? Wen wundert's, dass bei einem Musikwettbewerb jemand, der mit der Seele eines Sängers geboren wurde, besser abschneidet als jemand, den die Natur zum Schreiner erkoren hat? Ist der Schreiner deshalb weniger begabt, ist er weniger wert? Der Sänger hingegen, beherrscht er die Sprache des Holzes, das Geschick, es zu verwandeln, zu biegen und in jede Form zu bringen, die er will? Wir alle haben Künstlerseelen und sind dazu fähig, mit dem jeweiligen Element zu kommunizieren, das uns eigen ist.

Auf diese Weise kann jeder seinen eigenen Beitrag zur großen und wunderbaren Geschichte der Menschheit leisten. Ja, ich bin mir selbst verloren gegangen, und heute ist mir bewusst geworden, dass ich in all diesen Jahren nicht gelebt habe. Ich habe mein Leben dahinwelken lassen.

Bald ist es fünf Uhr. Ich weiß, dass ich keinen Schlaf mehr finden werde, wie sollte ich auch. All die gedanklichen Reisen zurück in meine Vergangenheit haben zu viele Erinnerungen, zu viele Gefühle wachgerüttelt. Linda, Anastasie und meine Mutter, sie alle sind Opfer meiner Lügen, meiner Betrügereien, meiner Veranlagung geworden. Ich stehe auf und gehe ins Badezimmer. Lange bleibe ich vor dem Spiegel stehen. Das Licht der Lampe ist gedämpft, aber ich kann mich sehen, mich oder den Mann, der so aussieht, als sei er ich, nur zwanzig Jahre älter. Ich berühre meinen Bauch, hier und da sind Fettpolster, ich bin etwas rundlich. Aber alles in allem habe ich mich ganz gut gehalten. Die Zeit war milde mit mir. Ich gehe näher an den Spiegel heran. Nur ein paar Falten an den Augen und der Stirn, verraten mein wahres Alter. In letzter Zeit beschäftige ich mich oft mit dem Älterwerden, meinem Körper und meiner Gesundheit. Nicht, weil ich ein Narzisst bin. Ich kann Leute nicht ausstehen, die auf der Straße dauernd ihr Spiegelbild in den Schaufenstern suchen, um zu kontrollieren, ob noch alles richtig sitzt oder ihr Make-up in Ordnung ist. Ich möchte einfach nur ein Mensch sein, den man noch attraktiv finden kann. Seit einem Jahr treibe ich wieder Sport, fahre Fahrrad, und sehe, dass es Wirkung zeigt, wenn auch nur vorübergehend. In meinem Alter kommen Pfunde, die man sich abtrainiert hat, schnell wieder zurück. Aber mein Bizeps und Quadrizeps haben wieder mehr Spannung, und auch die Haut meiner Wangen ist straffer. Ich will in bester Form sein für ihn, für Gérôme. Er sagt immer, das Aussehen sei ihm nicht wichtig, dass ich ihn nur mit meiner inneren Schönheit verführt hätte, aber wenn er mich streichelt, erinnern mich seine Blicke dennoch daran, dass meine Haut trotz aller Schönheitspflege nicht mehr so zart ist wie früher. Meist spürt er das, lächelt mich an und küsst mich, damit ich nichts sage. Ich verstehe immer noch nicht, wie seine Wahl gerade auf mich fallen konnte. Trotz der zwanzig Jahre Altersunterschied sagt er, er liebe mich und bisher spricht alles dafür, dass es tatsächlich so ist.

Gérôme. Ein weiterer Gérôme in meinem Leben, der es genauso verändert hat wie der erste. Er tauchte aus dem Nichts auf und erinnerte mich daran, wie schön es ist, verliebt zu sein, was ich im Lauf der Jahre ganz vergessen hatte.

Seit meiner arrangierten Ehe mit Linda lebte ich ständig zwischen der Angst, sie im Bett nicht richtig befriedigen zu können, und der tiefen Einsamkeit, die ich selbst ohne einen Mann an meiner Seite empfand. Aber ich hatte mir nun mal vorgenommen, mein zügelloses Leben aufzugeben und mit keinem Mann mehr zu schlafen. Manchmal ging ich nachts in Anastasies Zimmer und weinte leise vor Verzweiflung. Trotzdem hielt ich mich an das Versprechen, das ich meiner Tochter gegeben hatte. Bis ungefähr vor einem Jahr.

Es war Sonntag. Ich saß mit Linda und Anastasie in der Messe. Weil ich im Kirchenvorstand bin, hatten wir wie immer Plätze in der ersten Reihe. Das Evangelium des Gottesdienstes war die Geschichte von den Arbeitern im Weinberg, die erst zur letzten Stunde kommen, aber denselben Lohn erhalten wie jene, die schon seit Beginn des Tages arbeiten. Der Pfarrer endete mit dem Satz «Die Letzten werden die Ersten sein». Ich fühlte mich unwohl auf diesem Sonderplatz, den ich meinem Amt verdankte. Was war an mir besser als an anderen Gemeindegliedern? Warum sollte ich besondere Privilegien genießen? Ich sah rüber zu Koblan, dem Vorsitzenden des Gemeinderats. Er saß auf seinem Stuhl wie ein König auf dem Thron, majestätisch und beeindruckend, schon wegen seiner Größe. Koblan wurde in der Kirche gefürchtet und respektiert, galt als frommer, anständiger Mensch. Niemand ahnte, nicht einmal der Pfarrer, dass dieser Mann, dessen Familienname sogar auf einem Pfeiler des Gemeindehauses eingraviert war, weil er sich an dessen Bau beteiligt hatte, dieser wunderbare Ehemann, dessen Gattin die Vorsitzende der kirchlichen Frauengruppe war, dieser Vater von fünf Kindern, die im Sinne der göttlichen Gebote erzogen worden waren, ein paar Monate später in einem Hotelzimmer beim Geschlechtsverkehr mit einer Siebzehnjährigen sterben würde. Sein Tod wurde für mich zum Aha-Erlebnis. Er führte mir vor Augen, dass Menschen unvollkommen sind, oder vielmehr, dass die Bilder, die wir uns von vollkommenen Menschen machen, übertrieben und subjektiv sind, weitab der Wirklichkeit, deren eigentlicher Sinn doch sein sollte, ein glückliches und erfülltes Leben zu führen.

Während der Messe bemerkte ich, dass ein junger Mann in der Bank ganz links mich durchdringend ansah. Er sah gut aus und hatte kräftige, muskulöse Arme, die mich beeindruckten. Er trug ein orangefarbenes Lacoste-T-Shirt, hatte rosige Lippen, auf denen er herumbiss, und einen gleichermaßen gelassenen wie unergründlichen Blick. Nachdem die Messe vorbei war, suchte ich die Menge mit den Augen nach ihm ab, und gerade als ich dachte, er sei nur ein Trugbild gewesen, sah ich ihn, weniger als einen Meter von mir entfernt. Er lächelte, und offensichtlich galt sein Lächeln mir.

Das machte mich völlig verrückt. Einerseits war ich erfreut, andererseits konnte ich nicht zu ihm gehen, weil Linda neben mir stand. Er zog einen Prospekt hervor, reichte ihn rüber und nickte mir aufmunternd zu. Erst als er sah, dass Linda mich um die Taille fasste, wandte er sich ab und verließ mit einem Lächeln den Raum.

Der Prospekt war ein Flyer für ein Sportstudio, das kürzlich in der Nähe unseres Hauses eröffnet hatte. In der folgenden Woche ging ich hin. Es war ein Ort, an dem es überall nach dem Schweiß von Männern roch, die sich an Geräten abmühten, um ihre Körper zu stählen. Gérôme, wie sich der junge Mann vorstellte, riet mir zu einem Indoor-Cycling-Kurs, für den ich mich selbstverständlich sofort anmeldete. Während des Gruppentrainings hatte ich den Eindruck, dass Gerôme sich bei seinen Instruktionen besonders auf mich konzentrierte. Stets kam er zu mir, um zu kontrollieren, ob mein Sattel die passende Höhe hatte und der Widerstand der Pedale richtig eingestellt war. Während er mir Techniken für meine persönlichen Übungen empfahl, legte er manchmal beiläufig seine Hand auf meinen Oberschenkel und übte einen leichten und doch kräftigen Druck aus. Dann sah ich ihn an, verlor mich in seinen vielsagenden Blicken und stellte mir tausendundein Leben vor, in denen es weder Linda noch Anastasie oder Mama gab, und in denen ich nur mit ihm allein auf einer einsamen Insel lebte, wo kein inquisitorischer Blick uns treffen konnte.

Seit zehn Jahren hatte ich nicht mehr mit einem Mann geflirtet und fast vergessen, wie es sich anfühlte: die diskreten Anspielungen, die Körpersignale, die geweiteten Pupillen, das verlegene Kratzen am Kopf, das idiotische, zu laute Lachen, das Gefasel, bei dem man ständig den Faden verliert. Durch

Gérôme wurde ich wieder zum Teenager, und zum Glück merkte er es. Nachdem fünf Monate vergangen waren, redete er nicht länger um den heißen Brei herum. Nach dem Training ließ ich mir immer extra viel Zeit, um noch ein paar Worte mit ihm zu wechseln, dabei lud er mich geradeheraus, ohne Umschweife, für den kommenden Samstag auf einen Drink ein. Ich sagte sofort zu. In diesem Moment vergaß ich Linda und Anastasie, ich vergaß, dass ich Ehemann und Vater war und Verpflichtungen gegenüber meiner Familie hatte, die mir eigentlich verboten, die beiden am Samstagabend allein zu lassen. Zumal ich sonst nie einfach so mit irgendwem etwas trinken ging. Doch hier konnte ich nicht Nein sagen. Schon viel zu lange hatte ich mein Herz nicht mehr so schlagen hören wie jetzt. Es schlug, als hinge mein Leben von dieser Einladung ab.

Natürlich musste ich lügen. Ich übte meine Ausrede hunderte Male, aber als ich sie gegenüber meiner Frau vorbringen wollte, vergeigte ich sie fast. Vor lauter Anspannung geriet ich ins Stammeln und musste improvisieren. Letztendlich hörte Linda von meiner sorgfältig vorbereiteten Ansprache nur, dass ich über Nacht einen Patienten in Aboisso aufsuchen müsse. Sie sah mich lange schweigend an, aber dann wünschte sie mir für die Reise Gottes Segen.

Ich traf Gérôme um 20 Uhr in einem Pub in Zone 4, nahe dem Vergnügungsviertel von Abidjan. Zuvor hatte ich mich in einem Hotelzimmer, das ich für die Nacht reserviert hatte, umgezogen. Ich trug eine schwarze Jeans, die etwas zu eng war, ein graues Sakko mit Karomuster und eine Schirmmütze, die mein Gesicht teilweise verdeckte.

«Wann ist bei dir Sperrstunde?», war die erste Frage, die mir Gérôme nach der Begrüßung stellte.

«Heute habe ich keine. Ich bin von zu Hause ausgerissen.»

Darüber musste Gérôme so doll lachen, dass er mich damit ansteckte. «Was hast du denn heute noch alles vor?», fragte ich, als wir uns beruhigt hatten.

«Eine Menge.»

Und das meinte Gérôme ernst. Die Worte kündigten genau den wilden Abend an, den wir in den folgenden Stunden erlebten. Ich wurde in dieser Nacht neu geboren, kam ein zweites Mal auf die Welt. Erst tranken wir viele Cocktails und redeten lange. Gérôme war ein offenes Buch. Er erzählte in aller Ausführlichkeit über sein Leben und beantwortete meine Fragen ohne Vorbehalte. Als ich wissen wollte, was er von mir erwartete, sah er mir tief in die Augen und antwortete, ich würde ihm gefallen. Dann nahm er meine Hand und küsste sie. Nur zwei Sekunden lang, dann zog ich sie zurück. Ich war verlegen, verspürte Angst, Scham, Misstrauen. Ich sagte Gérôme, er solle so etwas nicht an diesem öffentlichen Ort tun. Allein der Gedanke, jemand könnte mich beobachten, mit dem Finger auf mich zeigen und mich für einen Schwulen halten, erschreckte mich zutiefst. Ständig sah ich mich nervös um, zog dadurch allerdings erst recht die Blicke auf mich.

Nachdem ich die Rechnung gezahlt hatte, führte mich Gérôme an einen Ort, an dem ich nichts zu befürchten hatte: in eine Schwulenbar. Für mich eine völlig fremde Welt. Es kam mir vor, als wäre ich in eine Parallelgesellschaft oder eine andere Zeit geraten. Nie hätte ich gedacht, dass sich die Gemeinschaft schwuler Männer in einem Land, in dem Homosexualität ein Tabu ist, so ungezwungen und freimütig verhalten könnte.

Männer auf hohen Absätzen bewegten sich wie weibliche

Models; Dragqueens stolzierten wie Diven zwischen den Tischen umher, um Gäste zu begrüßen, die sie fast alle persönlich kannten; es gab Toubabs, die sich aufführten wie Weiße und mit einer Gefolgschaft junger Adonisse umgaben, was ihnen mehr Aufmerksamkeit einbrachte als allen anderen; auf der Tanzfläche schwangen feengleiche Jungs, die gerade erst die Pubertät hinter sich zu haben schienen, die Hüften; Paare küssten sich leidenschaftlich; aus den dunkleren Winkeln des Clubs zwinkerten die Stricher ihren potenziellen Kunden zu, die hektisch den Blick abwandten …

Ich fand diese Szenerie faszinierend, wunderbar, magisch. Ich war wie Alice im Wunderland und staunte über all das Neue, das Gérôme mir zeigte. Hier, an diesem besonderen Ort, unter meinesgleichen verschwand die Furcht und ich fühlte mich frei. Ich tanzte wie nie zuvor in meinem Leben, ohne mich darum zu kümmern, was die Leute denken könnten, wenn sie mich so sahen. Hier war ich nicht der bekannte Kinderchirurg oder Repräsentant des Kirchenvorstands. Hier war ich Teil einer Gemeinschaft, die die Stürme meines Herzens verstand und die gleichen Kämpfe durchstehen musste, wie ich sie unter der Oberfläche ausfocht.

Als ich Gérôme später in mein Hotelzimmer mitnahm, war mir gleichgültig, was der Mann an der Rezeption darüber denken könnte, dass zwei Männer sich ein Zimmer teilten. Mein Körper brodelte vor Verlangen. Ich wollte mich endlich in Gérômes starke Arme fallen lassen, die Wärme seines Körpers spüren, den Geschmack seiner Lippen schmecken und den Geruch seines Schweißes einatmen, während er in mich eindrang.

In dieser Nacht holten mich seine Küsse ins Leben zurück. Seine Berührungen elektrisierten mich, sein Körper taute mich auf. Mein gefangenes Ich sprengte zum ersten Mal seit Jahren seinen Käfig und warf mit Nachdruck den Schlüssel weg. Mein Herz war frei in diesem Hotelzimmer, hier schlug es ohne Fesseln und zwischen den Schlägen sprach es zu mir. Mehr noch. Es sang eine schöne, sanfte Hymne – auf das Leben und auf diese Stunden des Neubeginns, in denen Gérôme und ich uns wieder und wieder liebten, bis im Morgengrauen mein Körper erschlaffte und mein Geschlecht schmerzte von zahllosen Eruptionen der Lust.

Diese Eskapaden zogen sich über Monate hin. Mein Patient in Aboisso hatte ständig Rückfälle. Ich verliebte mich in Gérôme. Er war ehrlich, aufgeschlossen und lebensfroh. Ich bekam mit, wie er sich lauthals über Sonnenuntergänge freute, die für ihn jedes Mal wie ein großes Geschenk waren. Und ich ließ mich von ihm daran erinnern, auch die kleinen Wunder der Schöpfung zu würdigen: ein Lächeln, ein Wort, eine Umarmung.

Mit der Zeit wurde auch ich gesprächiger und erzählte ihm eine Menge über mein Leben. Zum ersten Mal sprach ich mit jemandem über die langen Nächte, in denen ich den Himmel angefleht hatte, mir jemanden zu schicken, der meinem Herzen, das sich nach Liebe verzehrte, zu Hilfe kam. Ich redete auch über meinen Beruf, und selbst wenn Gérôme nicht alle medizinischen Details verstand, die ich ihm zu erklären versuchte, hörte er mir stets ruhig und aufmerksam zu. Wenn ich ihm von den jährlichen Kampagnen berichtete, im Rahmen derer meine Kollegen und ich unentgeltlich Kinder mit Lippenspalte operierten, versicherte er mir immer wieder, was für ein großes Herz ich hätte. Dann lächelte er mich an, nahm mich in die Arme und überschwemmte mich mit seiner Wärme. Ich liebte ihn mit jedem Tag mehr.

Doch dann beging ich die Dummheit, Gérôme mit nach Hause zu nehmen. Ich stellte ihn Linda als Sohn eines langjährigen Freundes vor, der im Ausland lebte. Keine Ahnung wie, aber Linda begriff sofort, dass irgendetwas faul war. Frauen haben ein Gespür für solche Dinge. Erst vermutete sie eine andere Frau. Als sie mich darauf ansprach, sagte ich nur, ihre Phantasie gehe mit ihr durch. Da schwieg sie, sah mich misstrauisch an und warf sich trotzig in meine Arme. Noch immer empfand ich in sexueller Hinsicht nichts für sie. Oder sogar noch weniger als vorher. Verglichen mit Gérômes Küssen wirkten ihre auf mich nun umso kälter.

All die Lügen, die ich erzählte, mussten mich wohl irgendwann einholen. Gérôme kam immer öfter zu uns. Sobald wir allein waren, verzogen wir uns ins Gästezimmer, um uns zu lieben. So auch gestern, nachdem Linda sich zum wöchentlichen Rosenkranzgebet der Gemeinde verabschiedete. Von dem sie dann eine gute Stunde früher als gewöhnlich nach Hause zurückkehrte. Ich hörte nicht, wie sie die Tür aufschloss, und so passierte es: Sie überraschte uns und sah mich im Bett mit Gérôme. Danach geriet sie völlig außer sich. Sie fing so laut an zu schreien, dass draußen die Nachbarn zusammenliefen und jedes Wort mit anhörten, das sie in ihrer unbändigen Wut ausstieß: Hinterlader, Scheusal, Schwuchtel, Abschaum, Schmutzlappen … Irgendwann verließen sie die Kräfte und sie brach zusammen. Ich trug sie ins Schlafzimmer, maß ihren Blutdruck, gab ihr ein Beruhigungsmittel, ließ sie ausruhen und bat Gérôme, nach Hause zu gehen. Er beharrte so lange darauf, an meiner Seite zu bleiben, dass diesmal ich laut wurde und ihn anschrie, er solle bitte gehen. Ich musste allein sein, um Ordnung in meine Gedanken zu bringen, in mein verlorenes, verkorkstes Dasein. Wäre er dageblieben, hätte ich Dinge gesagt, die ich nicht hätte wiedergutmachen können. In diesem Moment wollte ich nur, dass er verschwand, wünschte mir, dass es ihn nicht geben würde und unsere Wege sich nie gekreuzt hätten. Meine Liebe zu ihm hatte mich um den Verstand gebracht.

Als er weg war, wurde mir klar, dass ich mein Leben zerstört hatte. Meine Nerven lagen blank, ich bekam Panik, war kaum noch in der Lage, Luft zu holen, und erstarrte buchstäblich. Die Angst lähmte mich. Zwei Stunden rührte ich mich nicht von der Stelle, erst dann löste sich die Anspannung allmählich. Sie ließ mich kraftlos zurück.

Bevor ich schlafen ging, zwang ich mich noch einmal, meine Gedanken zu sammeln und nachzudenken. Was sollte ich jetzt, wo alle mein Geheimnis kannten, tun? Und was würden die Leute sagen? Es war klar, dass sich die Geschichte im Handumdrehen überall herumsprechen würde. Wenn ich mir die Gesichter meiner Mitmenschen vorstellte, sah ich nichts als Abneigung, Misstrauen und Schadenfreude für mich, den Heuchler, den Betrüger. So sind die Menschen. Sie freuen sich, dass andere noch schlimmere Laster und Geheimnisse haben als sie selbst. Ich bin ein bekannter, beliebter und geachteter Kinderarzt, leite meine eigene Praxis, kann berufliche Erfolge auf meinem Gebiet verzeichnen und habe es geschafft, mir aus dem Nichts eine respektable Karriere aufzubauen. Ich bin ein getaufter, konfirmierter, verheirateter Christ, der regelmäßig ein Zehntel seines Einkommens an die Kirche abtritt. Ich bin ein guter Vater und ein guter Sohn, der seine Mutter über alles liebt. Das alles bin ich und noch einiges mehr. Die Leute in meiner Umgebung wissen das. Aber jetzt, da sie über mein Geheimnis Bescheid wissen, werden meine Verdienste kein Gewicht mehr haben. Für die Leute zählt jetzt nur noch meine Veranlagung, meine Verkommenheit, meine Sünde. Sie werden mich Marco, den widernatürlichen Sodomiten, nennen.

«Ich habe mein Leben verpfuscht.» Diesen Satz sagte ich immer wieder vor mich hin, während mein Verstand in die Vergangenheit zurückreiste auf der Suche nach Erinnerungen an den ursprünglichen Auslöser für das Unheil, das mich an diesen Punkt gebracht hat. Ich dachte an jenen Nachmittag, als ich achtzehn war und zum ersten Mal der Versuchung eines männlichen Körpers nachgab. Dem Körper des ersten Gérôme. In dem schmutzigen Raum, der nach frischem Zement roch. Damals schenkte ich Gérôme meinen jungfräulichen Körper und er nahm das Geschenk gierig in Besitz. An diesem Tag begann mein Niedergang, mein Leiden, mein Lügen. Er machte mich zum Paria, zum Aussätzigen, und niemand wird mir diesen Tag je verzeihen können, weder meine Familie noch meine Freunde noch die Gesellschaft, absolut niemand. Immer wieder durchdachte ich das Problem in alle Richtungen, aber ich fand keinen Ausweg. Als das Ende der Nacht nahte und ich immer noch ratlos dasaß, beschloss ich: Ich muss zu meiner Mutter gehen, meiner lieben Mutter. Ich muss mit ihr reden, ihr mein Herz ausschütten und ihr all die Lügen offenbaren, von denen sie längst weiß.

Sie hat es am Vorabend meiner Hochzeit durchblicken lassen. Ich war in meinem Zimmer und völlig fertig mit den Nerven, denn mir war klar, Linda zu heiraten würde nicht ohne Folgen bleiben. Mein Herz hatte mich von Anfang an aufgefordert, die Hochzeit abzusagen. Es sagte mir, von dieser Entscheidung sei nicht nur ich selbst, sondern auch eine Reihe anderer Menschen betroffen und ich dürfe nicht nur aufgrund der Forderungen meiner Mutter diesen Weg gehen, mich nicht ins Leere stürzen, ohne zu wissen, ob ich einen Fallschirm hatte. Sicher, die Ehe war bequem und in meiner Lage die perfekte Deckung. Ich wusste auch, dass viele Homosexuelle diesen Weg wählten, um ihre Veranlagung zu verbergen und dem Druck ihrer Familie und der Gesellschaft Genüge zu tun. Doch eine Ehe konnte auch zum Gefängnis werden, zum Kerker, in dem man langsam dahinsiechte.

Ich betete gerade den Rosenkranz, als meine Mutter anklopfte und die Zimmertür öffnete. Sie sah mich mit den gütigen Augen von früher an, so intensiv, dass unsere Herzen für ein paar Momente im gleichen Takt schlugen. Dann sagte sie mit der mütterlichen Stimme der ewigen Beschützerin diesen Satz, den ich nie vergessen werde und der mir noch heute in den Ohren klingt: «Keine Sorge, mein Sohn, Linda ist ein gutes Mädchen. Sie wird dein Geheimnis nicht preisgeben.»

Noch mal sah sie mich eindringlich an, verzog dabei einen Mundwinkel und lächelte. Dann verließ sie mein Zimmer. Diese Worte hätte ich gern schon früher, als Jugendlicher, gehört. Dann hätte ich mich oft weniger verlassen gefühlt. An diesem Abend weinte ich nicht vor Kummer, sondern vor Erleichterung. Ich spürte, dass die Last meines Geheimnisses an Gewicht verlor. Mama weiß es, oder besser: Sie ahnt es. Doch seither haben wir nicht mehr über diesen Vorfall gesprochen. Das soll sich nun ändern. Ich will, dass sie alles erfährt, und zwar durch mich und meine eigenen Worte. Ich werde ihr sagen, dass ihr Sohn, ihr reizender Marco, schwul ist.

Doch Mama erwartet mich mit einem Szenario, das mir schlagartig jede Entschlossenheit raubt. Sie sitzt da mit Anastasie. Sie reden und lachen, als lebten wir in der besten aller Welten. Das Gespräch mit ihr wäre auch ohne eine dritte

Person im Raum schwierig gewesen, aber in Gegenwart meiner Tochter ist es fast unmöglich. Ich begrüße die beiden schüchtern, setze mich zu ihnen an den Tisch und fühle mich wie ein kleiner Junge. Seltsam, gegenüber unseren Müttern bleiben wir immer Kinder.

Sie sieht mich irritiert an: «Seit wann umarmst du deine Mutter nicht mehr?»

Ihr Ton ist merkwürdig ruhig und ihr Lächeln wirkt vollkommen gelöst. Ich bin verwirrt. Während ich sie ansehe, hänge ich meinen Gedanken nach. Diese Frau, die da so gelassen und heiter in ihrem Sessel sitzt, kann nicht meine Mutter sein. Sie kann nicht wirklich so munter sein. Nicht heute, nicht nach dem Sturm von gestern, über den sie garantiert Bescheid weiß. Linda hat sie ganz bestimmt angerufen. Ich sehe sie immer noch erstaunt an, als sie mich aus meinen Gedanken reißt und sagt: «Warum bist du so seltsam, mein Marco? Entspann dich bitte, dann können wir frühstücken.»

Wir reden über unwichtiges Zeug: Familiengeschichten, entfernte Verwandte, die Geld brauchen, Neffen, deren Eltern wünschen, dass sie unter der Woche in meinem Haus wohnen, weil sie von dort einen kürzeren Schulweg hätten, was mir aber sicher bald zur Last fallen würde. Nach dem Essen, es gibt Omelette, Brot und Kaffee, setzt sie sich aufrecht hin und schickt Anastasie in mein altes Kinderzimmer.

«Es wird Zeit, dass wir reden, Marco.» Bei diesen Worten sieht sie mich streng an. Endlich ist der Moment da, für den ich hergekommen bin.

«Marco, mein Sohn, du weißt, dass du das Beste bist, das mir je im Leben passiert ist», sagt sie mit einer Stimme, die vor Wehmut und Melancholie leicht zittert. «Wie mein Herz gejubelt hat, als ich dich zum ersten Mal in den Armen wiegte. In diesem Augenblick wusste ich, dass du etwas Besonderes sein würdest, ein Mensch, der zu unermesslicher Liebe fähig ist. Ich habe mich nicht getäuscht. Du warst immer ein kluger Junger und hast es stets verstanden, dich in verschiedensten Situationen richtig zu verhalten. Du weißt, dass ich nach dem Tod deines Vaters kaum fähig war, dein Studium zu bezahlen. Ich musste mich dafür krummlegen, denn ich wollte, dass du zu einem angesehenen Mann wirst. Du hast meinem Wunsch entsprochen. Du bist der gute und liebende Sohn, den sich jede Mutter wünscht. Im Namen der Liebe, die du mir in all den Jahren geschenkt hast, möchte ich, dass du jetzt nach Hause gehst, vor deiner Frau auf die Knie fällst und sie um Verzeihung bittest. Ich will den Grund eures Streits nicht wissen, das geht mich nichts an. Ihr müsst eure Schwierigkeiten selbst bereinigen. Ich will nur, dass du mit ihr sprichst und ihr eine Lösung findet. Alles andere würde ich nicht überleben, also denk bitte auch an mich. Und denk an deine Tochter, die eine Scheidung ihrer Eltern nicht verkraften würde.»

Damit schweigt meine Mutter, seufzt tief und lässt sich in ihrem Sessel zurückfallen. Tränen benetzen ihre Augen, ihre Performance ist perfekt. Das war eine Meisterleistung. Sie setzt mich schachmatt, bevor das Spiel überhaupt begonnen hat. Um die richtigen Worte und den passenden Ton für das zu finden, was sie mir soeben gesagt hat, hat sie vorher sicher lange geübt – für diese verbale Zeichnung einer liebenden Mutter, die sich für ihren undankbaren Sohn aufopfert, der seine Ehe zerstört. Ihr Vortrag erschüttert mich, und während ich sie sprachlos ansehe, spüre ich, wie ihre Worte nachwirken, wie sie mit jeder Sekunde stärker, mächtiger und schlagkräftiger werden. Glücklicherweise kenne ich meine

Mutter so gut, wie sie mich kennt, deshalb habe ich mit so etwas gerechnet. Aber ich bin gekommen, um ihr die Geheimnisse meines Herzens zu enthüllen, das Leid, das ich nicht mehr ertragen kann, von dem ich mich befreien muss, um endlich leben zu können, Frieden und Freude zu finden. Ich wische meine Tränen ab, die ich weine, weil auch sie weint, gehe zu ihr, nehme ihre faltigen Hände in meine und sage: «Mama, meine gute Mutter. Du weißt, dass meine Liebe zu dir größer ist als alles, was mir auf der Welt teuer ist. Manchmal ist sogar Gott neidisch darauf. Du bist die beste Mutter, die man sich denken kann. Als Papa starb, hast du dich selbst übertroffen und mir geholfen, der zu werden, der ich heute bin. Du hast mich auch in meiner Beziehung zu Linda unterstützt, und ich kann verstehen, dass du dir wünschst, dass wir eine stabile Ehe führen. Ich weiß, du wolltest immer das Beste für mich, aber ich kann in dieser Ehe nicht mehr glücklich sein, weil ich mich durch sie als Gefangener sozialer Konventionen fühle. Lebensfreude finde ich außerhalb der Familie. Ich kann nicht mehr mit Linda zusammenleben. Ich liebe sie nicht. Mir ist es in fünfzehn Jahren Ehe nicht gelungen, Liebe zu ihr zu entwickeln. Du weißt, dass ich es versucht habe, dass ich sie gerne lieben würde, aber mein Herz spielt dabei nicht mit. Im Lauf der Jahre ist es verödet. Wie mein Körper hat es zu lange erfolglos darauf gewartet, dass ihm neuer Lebensatem eingehaucht wird. Ich glaubte zu sterben, weil ich dachte, dass ich nie wieder Liebe finden würde, gar nicht mehr dazu in der Lage wäre, doch nun habe ich sie gefunden. Verlange nicht von mir, auf sie zu verzichten. Ich liebe diesen Mann …»

«Gott steh mir bei!», ruft meine Mutter und bekreuzigt sich wie eine Katholikin. «Ich will nicht wissen, was du tust, wenn du abends ausgehst. Ich will nicht Komplizin deiner Sünden werden.»

«Mama, ich bin schwul.»

Erneut bekreuzigt sie sich, dann hält sie sich die Ohren zu.

«Mama, ich bin schwul», rufe ich erneut, diesmal lauter.

Sie blickt hastig zur Wohnungstür und nimmt die Hände von den Ohren, damit ich leiser spreche und mit meinem Geschrei nicht die Aufmerksamkeit der Nachbarn errege: «Das ist abscheulich, mein Sohn! Du kennst Gottes Worte: Es ist wider die Natur. Bitte ja nicht um meinen Segen für so etwas.»

Sie weint heftiger, bedeckt die Augen mit den Händen. Sie leidet und ich bin der Grund dafür. Ich verlange von ihr, dass sie etwas akzeptiert, was allen Grundsätzen widerspricht, die Religion und Gesellschaft für sie in Stein gemeißelt haben: Wenn ich mit einem Mann schlafe, ist das abscheulich. Weil es im dritten Buch Mose 18, 22 heißt: «Wenn ein Mann mit einem anderen Mann schläft wie mit einer Frau, ist das ein Gräuel.» Weil diese Worte dort stehen, sind sie die Wahrheit und unwiderlegbar. Zumindest in den Augen meiner Mutter.

Aber Homosexualität bedeutet ja nicht nur, dass ein Mann mit einem anderen Mann schläft. Sie bezeichnet auch die Fähigkeit eines Mannes, einen anderen Mann wirklich zu lieben. Ich will meine Liebe zu Gérôme nicht länger verbergen. Ich will ihm ohne Heimlichkeiten zeigen, dass mein Herz für ihn schlägt, dass er für mich der Lebenssinn ist, der mich jeden Tag aufstehen lässt. Ich will mit ihm das unendlich Große und unendlich Kleine bewundern. Wenn ein Mann ohne Verlangen und Liebe mit einer Frau schläft, ist das auch eine Scheußlichkeit. Es ist eine seelenlose Art des Beischlafs, ein Akt von Verderbnis und bloßem Trieb. Dennoch bestimmt unsere Sexualität unser Leben. Bin ich etwa durch die endlosen Jahre mit Linda zum Hetero geworden? Die Antwort ist Nein, denn ich bin nun mal schwul. Nie könnte ich eine Frau lieben wie Gérôme. Weil ich nicht gegen meine Natur lieben kann. Warum soll ich mich verurteilen, wenn ich nichts anderes getan habe, als die Liebe zu suchen? Gilt es im dritten Buch Mose nicht auch als Scheußlichkeit, Schalentiere und Schweinefleisch zu essen? Oder was ist mit tauben, stummen und gelähmten Priestern, die man heutzutage ganz selbstverständlich in den Gebetshäusern antrifft, obwohl auch sie laut der Bibel in aller Deutlichkeit verboten sind?

Es macht mich wütend, über die Ungerechtigkeit all dieser Aspekte des Lebens, der Gesellschaft, der Religion nachzudenken. Aber meine Mutter würde sie nie infrage stellen. Wenn sie es täte, würde sie darüber den Verstand verlieren. Ich kann es verstehen. Sie tut das, was ihr richtig erscheint, alle Mütter würden das in einer ähnlichen Lage tun. Aber sie muss aufhören, sich so zu benehmen wie alle Mütter, und anfangen, sich zu verhalten wie *meine* Mutter, die Mutter eines homosexuellen Sohnes. Noch immer weint sie. Es ist klar, dass sie bestürzt ist, aber ihre Tränen ändern nichts. Ich habe meine Entscheidung getroffen. Ich kann zwar nicht garantieren, dass ich mit Gérôme bis zum Tod leben werde und unsere Liebe ewig dauern wird, kann nicht ausschließen, dass es auch mit ihm Untreue geben kann, aber ich will wenigstens versuchen, das Risiko auf mich nehmen und uns eine Chance zu geben. Ich will endlich teilhaben am Spiel des Lebens, auch wenn ich dabei alles verliere.

Als meine Mutter sich wieder beruhigt, bin ich schon an der Türschwelle. Sie droht mir damit, dass sie ein Kind, das homosexuell ist, nicht lieben könne, und wenn ich jetzt ginge, sei ich mit meinem Problem allein. Aber war ich das nicht sowieso schon immer? Hier geht es um mein Leben. Ich denke nicht mehr an Mama, Linda oder an Anastasie, die ihr ganzes Leben noch vor sich hat. Heute denke ich nur an mich, an das, was ich will, was mich glücklich machen würde. Immerhin weiß ich, was es ist. Und in diesem Moment fühle ich mich frei, bin von einer Last erlöst, die auf meinem Herzen lag, bin bereit, das Leben anzunehmen.

«Mama, man sucht sich seine Verwandten nicht aus, genauso wenig wie sein Aussehen oder das Milieu, in das man hineingeboren wird», rufe ich. «Ich habe es mir nicht ausgesucht, schwul zu sein. Fast mein ganzes Leben habe ich mich gefragt, warum das gerade mir passiert ist, aber ich habe keine Antwort darauf. Ich könnte weiter den Märtyrer spielen, mich für das, was ich empfinde, hassen, die Fehler den anderen zuschreiben oder mich mit Fragen herumschlagen, auf die selbst die Wissenschaft bis heute keine Antwort kennt. Aber die Fakten sprechen eine deutliche Sprache. Ich bin eben anders, Mama. Ich bin schwul. Und heute habe ich beschlossen, mich so zu akzeptieren und mich zu lieben, wie ich bin und ein neues Leben zu beginnen, in dem es keine Lügen mehr gibt.»

Nach einer kurzen Atempause fahre ich fort: «Wenn du jetzt nicht mehr die Größe hast, mich zu lieben, meine liebe Mama, dann hast du mich nie geliebt.»

Ich öffne die Tür, gehe hindurch und mache mich auf den Weg.

KAPITEL 4

ALS FRAU GEBOREN WERDEN

LINDA

In Agougbia, meinem Dorf, dürfen Frauen über die Verwaltung ihrer Gemeinschaft nicht mitentscheiden. Wir dürfen in der Öffentlichkeit nicht reden, sogar Treffen unter großen Bäumen zum Schwatzen sind uns verboten. Wenn unsere Eltern sterben, haben wir keinen Anspruch auf ein Erbe. Solange wir noch bei ihnen leben, dürfen wir kein eigenes Stück Land haben. Von zu Hause auszuziehen, ohne verheiratet zu sein, gilt sowieso als völlig abwegig.

Das Einzige, was man uns in meinem Dorf nicht wegnehmen darf, ist die Aufgabe, die Mutter Natur uns aufgetragen hat: die Erhaltung unserer Art. Dabei haben wir uns nur eines einzigen Verbrechens schuldig gemacht: als Frau geboren worden zu sein. Der Schlitz zwischen unseren Beinen, unser sogenanntes schwaches Geschlecht, ist das Symbol unserer Lebenssituation, unserer Minderwertigkeit und unserer Unterjochung. Er reduziert unser Dasein auf eine Existenz als Verdammte. Das Höchste, was wir erreichen können, ist, die Gunst in den Augen eines Mannes zu finden, sodass er uns heiratet. Wir sind dazu verpflichtet, ihm Nachkommen zu schenken, sonst heißt es, wir brächten Unglück. All das bedeutet es, als Frau geboren zu werden, in diesem Teil der Welt, wo Frauen als bedeutungslos, elend und wertlos gelten, solange ihnen kein Mann die Ehre erweist, in seinem Schatten gehen zu dürfen.

Ich bin in diesem frauenfeindlichen Umfeld mit seinen düsteren und rückständigen Sitten geboren und aufgewachsen. Nur die Macht des Schicksals hat es mir ermöglicht, mich diesen Leuten entziehen, jener Gemeinschaft, die die meine ist und auch immer bleiben wird. Dies ist das Land meiner Vorfahren, die Brücke, die meine Vergangenheit, Gegenwart und Zukunft verbindet.

Dekaden vergingen, die Zeit verstrich, Jahreszeiten folgten aufeinander, aber die Mentalitäten blieben intakt, blieben hartnäckig. Sie haben der Zeit widerstanden. Noch heute, mit vierzig Jahren, bin ich durch das Band der Ehe an einen Mann gefesselt: Marco.

Ach, Marc, mein Marco, der liebende Ehemann, auf den ich so stolz war und der mein Verderben ist. Er war der perfekte Mann, um ihn meinen Freundinnen vorzuführen, damit sie mich um mein Glück beneideten. Er hatte sich für mich, Linda, die Analphabetin aus dem Hinterland, entschieden, mich geheiratet, ausgebildet, mich zu einer feinen, würdigen, respektablen Dame gemacht. Und dennoch, wenn ich gewusst hätte, als welche Art von Ehemann er sich entpuppen würde, hätte ich mich auf diese Geschichte, auf das Leben mit ihm, nie eingelassen.

Zum ersten Mal sah ich ihn, als ich von der Feldarbeit kam. Er saß unter einem Mangobaum und las ein Buch. Sein Gesicht war ausgeglichen, friedlich, heiter. Ich hätte ahnen müssen, dass etwas bei Marco nicht stimmte, spüren müssen, dass sich hinter dem engelhaften Aussehen dieses schönen Mannes dunkle Geheimnisse, furchtbare Neigungen verbergen. Aber damals hatte ich zu sehr unter den langen Winternächten gelitten, unter der klagenden Sehnsucht meiner Schenkel, die danach verlangten, geöffnet, erobert und von der Kraft eines Mannes beglückt zu werden. All meine Vorahnungen wischte ich in einem Handstreich beiseite. Ich habe Dinge getan, die nicht richtig waren, habe ihn getäuscht und ausgetrickst, um die glückliche Auserwählte, seine Frau zu werden. Ich bin in meine eigene Falle getappt, und das Schicksal ließ mich für meinen Betrug bezahlen.

In der gesamten Zeit unserer Ehe ist Marc meine Buße, meine Strafe, meine Last gewesen. Er war mein Luzifer, mein Engel des Lichts, immer perfekt, in jeder Lage, nur nicht in den Nächten.

In all den Jahren habe ich versucht, die Wahrheit, die mein Herz längst erkannt hatte, zu ignorieren und mich mit Marcos kurzlebigen Erektionen zu begnügen, die zwar meine Intimsphäre reizten, mir aber nie wirkliche Lust verschafften. Umso mehr bemühte ich mich, eine perfekte, noble, nützliche und tugendhafte Ehefrau zu sein.

Doch gestern sind die Masken gefallen. Die Schutzschilde zerbrachen, die Rüstungen zerfielen in tausend Stücke, unsere Herzen lagen unverhüllt da und die Geheimnisse, die sie bewahrt hatten, wurden sichtbar. Ich habe Marcos wahre Natur erkannt, seine Veranlagung, seine Sünde, das Scheusal, das er in seinem Innern versteckt hielt. Unter der Last dieser Erkenntnis habe ich geschrien, bis ich heiser war, auch wenn ich weiß, dass ich selbst zu der Misere beigetragen habe. Auch ich bin schuldig, denn ich habe meine Schwangerschaft benutzt, um Marco zu täuschen und damit unser gemeinsames Leben zu erzwingen. Und doch gebe ich in meiner Wut ihm die Schuld, damit er sich seines Verrats bewusst wird, für seine Sünde schämt, für die Perversion, mit der er in all den Jahren unsere Ehe besudelt hat.

Heute Morgen bin ich völlig erschöpft aufgewacht. Allein. In unserer Villa, die Marco für unsere Tochter Anastasie und mich gekauft hat. Tausend Fragen gehen mir durch den Kopf. Warum ich? Warum musste gerade ich von den Milliarden Männern dieser Erde den falschen heiraten? Wie konnte es so weit kommen? Wie konnte aus dem kleinen Mädchen, das einst fröhlich, unschuldig und sorglos durch die Straßen von Agougbia lief, eine derart verlassene Frau werden? Agougbia ... Wenn ich den Namen meines Dorfes nenne, reisen meine Gedanken zurück in die Zeit meiner Kindheit, in das Land, in dem ich geboren wurde. Vergessen geglaubte Erinnerungen werden wach. Und ich erlebe meine Geschichte aufs Neue.

Agougbia ist das Dorf der Verbannten und Vergessenen. Es wurde vor zwölf Generationen von unserem Stammvater Nanan Agou gegründet. Als Kind liebte ich es, zuzuhören, wenn meine Mutter die abenteuerliche Geschichte unseres Urvaters erzählte, der vom Unglück verfolgt war, bis er hier sein Exil fand. Nanan Agou stammte aus Ogou. Er wurde von seiner Gemeinschaft vertrieben, nachdem er bei einem Streit einen seiner Verwandten getötet hatte. Mama beschrieb ihn als einen heißblütigen Krieger, der seine Machete so schnell zu zücken verstand, dass man ihn auch den Blitzmenschen nannte. Nach seiner Vertreibung zog Nanan Agou tagelang durch Dörfer, Siedlungen und Wälder, wurde aber nirgendwo aufgenommen, denn bevor er Ogou verlassen hatte, war ihm ein von einem Kreis umgebenes Dreieck auf der Stirn eingeritzt worden, das Zeichen der Verfluchten, die nirgends in der Welt Ruhe und Frieden finden sollen. Am dreißigsten Tag der erfolglosen Suche nach einer neuen Heimat flehte Nanan Agou seine Vorfahren im Jenseits hungrig und erschöpft an, ihn zu sich zu holen. Er kletterte auf den höchsten Baum des Waldes und dachte über sein Leben nach. Er war stets aufbrausend gewesen, ständig mit anderen in Streit geraten und hatte dabei immer nur auf die Kraft seiner starken Arme gesetzt. Jetzt tat ihm aus tiefster Seele leid, was er in der Vergangenheit getan hatte. Verlassen und niedergeschlagen würde er ganz allein sterben und niemals ein würdiges Grab erhalten. So dachte er, als er sich in die Tiefe stürzte, nicht ohne zuvor nochmals seine Ahnen gebeten zu haben, ihn nach seinem Tod bei sich aufzunehmen.

In der Geschichte heißt es weiter, dass Nana Agou drei Tage später am Rand eines Brunnens erwachte. Die Vorfahren hatten nicht nur Mitleid mit seiner Seele gehabt, sondern auch sein Leben verschont. Wie durch Zauberei begegnete er Abla, einer jungen Frau, die ebenfalls allein umherirrte. Sie gingen noch drei Kilometer weiter, so sagten es ihnen die Vorfahren, dann gründeten sie das Dorf Agougbia, den Ort der Verbannten, Heimatlosen und Vergessenen, die hier fortan Zuflucht fanden.

Aus diesem Dorf stamme ich. Es ist das Dorf meines Vaters und des Vaters meines Vaters. Meine Mutter wuchs in einem Nachbarort auf. Nach ihrer Hochzeit wurde sie von ihrer Familie nach Agougbia gebracht, zu den Menschen dort, in deren Augen sie Gnade gefunden hatte. In Agougbia heiratet man nicht nur einen Mann, sondern seine ganze große Familie. Falls der Mann stirbt, wird die Ehefrau wie ein Erbstück weitergegeben an seinen älteren oder jüngeren Bruder, einen Cousin oder Neffen. Wenn sie allerdings keiner haben will, wird sie ohne ihre Kinder zu ihrer Familie zurückgebracht, denn in Agougbia, wie in allen Dörfern am linken Ufer des Flusses N'zouan, gehören die Nachkommen dem Mann.

Jeder Tag im Leben einer Frau gleicht in Agougbia dem anderen. Daran erinnert mich das Schicksal meiner Mutter. Die Feldarbeit und der Haushalt verbrauchten ihre Kräfte, täglich wurde sie schwächer, dann wurde sie von einer langen Krankheit dahingestreckt, die sie schließlich ins Grab führte.

Als Mutter noch gesund war, stand sie bei Sonnenaufgang auf, beim ersten Hahnenschrei. Sie fegte den Hof, machte Feuer, kochte Wasser für meinen Vater, holte neues Wasser an jenem Brunnen, an dem unser Urvater nach seinem Erwachen Abla begegnet war. Sie kam zurück, den Rücken gebeugt vom Schleppen der schweren, vollen Schüssel, die Adern geschwollen durch die Anstrengung, ihre Beine kaum noch fähig, die Last zu tragen. Den Weg zum Brunnen ging sie drei bis vier Mal am Tag. Sie schöpfte Wasser für ihren Mann, brachte es zur Dusche, dann bereitete sie sein Frühstück zu, meist aus Yamswurzeln oder gekochten Bananen mit einer Mischung aus zerdrückter Aubergine und Piment. Nach dem Essen ging Papa zur Arbeit auf seinem Feld, wo er Yams und Kakao anpflanzte. Wenn Mama das Mittagessen gekocht hatte, kümmerte sie sich um ihre Auberginen-, Tomaten- und Erdnusspflanzen. Sie löste die Samen von den Palmenzweigen, die Papa geschnitten hatte, denn in Agougbia darf niemand das Dorf mit Palmensamen betreten, die noch am Zweig hängen. Wenn die Sonne niedersank, brachte sie Reisig und Holz für das Feuer herbei, dann ging sie erneut zum Brunnen, von wo sie erst in der Dämmerung zurückkehrte, um das Abendessen zu kochen.

Die Zeit am Brunnen mochten die Frauen von Agougbia am liebsten. Sie trafen sich dort jeden Nachmittag und tauschten den neuesten Dorfklatsch aus. Das war eine gute Gelegenheit, um über die jungen Männer herzuziehen, die ins Dorf kamen, um nach heiratsfähigen Mädchen Ausschau zu halten und sie zu verführen. Die Frauen stimmten fröhliche Gesänge an, sie tanzten und vergaßen für eine Weile das schwere Los ihrer Vorbestimmung.

Nie werde ich vergessen, was geschah, als eine NGO in der Dorfmitte eine hydraulische Pumpe installierte, um den Frauen die Arbeit zu erleichtern und ihnen den drei Kilometer langen Fußweg zum Brunnen zu ersparen. Alle warteten voller Spannung auf den Tag der Einweihung. Eine Woche vor dem großen Ereignis kam der Berater des Präfekten zu uns und rief die Bevölkerung auf, mit Spenden zu einem gebührenden Empfang für die Autoritäten aus der Stadt beizutragen. «Der Brunnen trägt schließlich zum Wohlergehen des Dorfes bei», sagte er.

Also trugen alle Familien etwas bei: Yamswurzeln, kleine Ziegen, Hühner, *Bandji*, Wein, Likör. Am Tag der Feier bogen sich die Tische auf dem Hof des Dorfältesten unter der duftenden Last unzähliger Speisen und Getränke. Die Vertreter der Verwaltung, die extra aus der Stadt angereist waren, nervten uns mit langweiligen Reden, in denen sie Versprechen abgaben, die sie sowieso nicht halten würden. Aber sonst herrschte eine heitere, beschwingte Stimmung und die ganze Bevölkerung von Agougbia schien sich zu freuen über den positiven Entwicklungsschub.

Zwei Wochen später jedoch funktionierte die brandneue hydraulische Pumpe des Brunnens schon nicht mehr. Die Behörden und Dorfältesten verstanden nicht, was los war, und als die Techniker sich der Sache annahmen, waren alle verblüfft über das Ergebnis: Manche Teile der Pumpe waren offenbar gezielt zerstört worden. Natürlich wurde eine Untersuchung eingeleitet, um die Täter zu finden. Dabei kam heraus, dass die Frauen von Agougbia junge Männer dafür bezahlt hatten, die Pumpe unbrauchbar zu machen. Lange zerbrachen sich die Ermittler den Kopf darüber, was die Frauen dazu getrieben haben könnte, so eine lächerliche Tat zu begehen. Schließlich löste ein Psychologe das Rätsel der Sabotage.

Die Frauen des Dorfes arbeiteten jeden Tag bis zur Erschöpfung. Sie rackerten sich von morgens bis abends ab, bei der Hausarbeit und auf dem Feld. Ständig waren sie bemüht, ihre Männer so gut wie möglich zufriedenzustellen, denn diese duldeten nicht die kleinste Nachlässigkeit. Wenn sie morgens erwachten, musste heißes Wasser bereitstehen, das Mittag- und Abendessen musste pünktlich serviert werden, und nicht zuletzt mussten die Frauen auch auf dem Feld arbeiten, um Gemüse verkaufen zu können, von dessen Erlösen sie sich ab und zu Kleiderstoffe oder etwas billigen Schmuck kaufen konnten. Wirkliche Erholung gab es im Alltag der Frauen nur, wenn sie Wasser holen gingen. Die Nachmittage am Brunnen waren für sie der einzige Tagesabschnitt der Freude, in dem sie das Leben feierten und weitab des Dorfes ein gewisses Freiheitsgefühl genossen. Hier konnten sie in Ruhe über ihre Probleme sprechen, sich gegenseitig helfen und kleine Geldsummen verleihen, die später auch wieder am Brunnen zurückgezahlt wurden. Die Frauen von Agougbia hätten auch einen Weg von doppelter Länge in Kauf genommen, um für ein paar Stunden den Mühen der Arbeit zu entkommen, ihr jugendliches Lächeln wiederzufinden, weder Mutter noch Ehefrau zu sein, sondern sich zu fühlen wie die selbstbewussten Mädchen, die sie in der Jugend gewesen waren. Dann aber war diese NGO gekommen und hatte ihnen den einzigen Moment der Privatheit, Ausgelassenheit und Erholung weggenommen.

Die Frauen in meinem Dorf sind tapfer. Dieser Satz bringt mich zum Lächeln. Aber das Lächeln erstirbt, wenn ich daran denke, wie feige und träge ich selbst gewesen bin. Heute ist mir klar, dass ich mich wie die Frauen von Agougbia hätte auflehnen müssen, dass ich Marco hätte sagen müssen, dass ich die Nase voll hatte, bevor alles zu spät war, also schon damals, als er auf einmal ständig irgendwelche Seminare besuchte. Stattdessen blieb ich passiv und zaghaft, spielte die Rolle der Ehefrau und vorbildlichen Mutter und ließ mich von sozialen Zwängen steuern. Ich habe alle Vorschriften eingehalten, all die Gesetze respektiert, die nur dazu dienen, uns daran zu erinnern, wie unvollkommen und unbedeutend wir sind. Sie legen uns an die Ketten der Alltagsroutine und unterwerfen uns der Normierung, die die Welt am Laufen hält. Ja, ich habe alles getan, was von einer Frau erwartet wird, alles, was meine Erziehung und die Gesellschaft von mir verlangten. Schweren Herzens habe ich die Einsamkeit meiner Nächte ertragen, das kalte Bett, den Frust über meinen nicht begehrten Körper, das triste Leben, das durch das heilige und beständige Band der Ehe besiegelt war. Ich habe meine Zweifel, meine Ängste, meinen Kummer runtergeschluckt, obwohl sie mir von Anfang an zuflüsterten, dass Marco mich nicht mehr liebte und mich betrog. Diese Zweifel richteten mich langsam zugrunde und fraßen mich von innen auf. Jetzt werde ich dafür, dass ich das alles ertragen habe, damit belohnt, dass ich allein dastehe, in der Gewissheit, dass mein Mann nie wieder zu mir zurückkommen wird.

Ich war immer eine Unbegehrte, eine Frau, vor der man floh. Heute meidet mich Marco, mein homosexueller Ehemann, früher waren es die Männer von Agougbia, die stolzen Krieger, die mich trotz meiner jugendlichen Schönheit keines Blickes würdigten, weil ich zwischen meinen Beinen nicht die Narben vorweisen kann, die bei Frauen meiner Herkunft normalerweise die Entfernung der Klitoris hinterlässt. Ach, Frauen von Agougbia, mit welcher Stärke tragt ihr doch die Stigmata eurer Beschneidung!

In Agougbia sind alle Frauen beschnitten. Das ist eine Tradition, der sich seit Generationen kein junges Mädchen entziehen kann. Unsere Vorfahren haben den Brauch eingeführt, in der Zeit der Kämpfe zwischen den Völkern am linken Ufer des N'zouan. Meine Mutter erzählte mir eines Tages, man habe die Beschneidung eingeführt, damit «die Frauen vor Entehrung geschützt werden und einen reichen Mann heiraten können».

«Zur Zeit unserer Vorfahren», erklärte sie mir ruhig, «zogen die Männer für mehrere Monate, manchmal Jahre, in den Krieg. Ihre Frauen blieben mit den Kindern bei der Familie und warteten auf sie, allein in ihrem Bett ohne jede männliche Wärme. Wenn aber die rauen Tage kamen, die kalten Nächte, in denen die Brustwarzen hart werden und Hände unweigerlich den frierenden Körper streicheln, wurde ihr Geschlecht feucht beim Gedanken daran, mit welcher Hitzigkeit und Kraft ihre Männer früher in sie eingedrungen waren. Manche Frauen tricksten und suchten sich eine andere Wärmequelle, einen anderen Mann, der ihren vor Verlangen glühenden Körper beruhigen konnte, denn, so heißt es: Wer sich einmal dem Feuer der Liebe hingibt, wird die Glut des Verlangens ewig in der Seele spüren.»

Ich sah meine Mutter an, während sie diese Dinge erzählte, und erkannte an ihrem ausdruckslosen Gesicht, dass sie selbst die von ihr beschriebene Lust niemals empfunden hatte. Sie hatte das Vergnügen, das ein männliches Geschlecht zwischen unseren Schenkeln hervorrufen kann, nie erlebt. Um ihre eigene und die Ehre ihrer Familie zu schützen, hatte man ihr sämtliches Lustempfinden ausgetrieben.

«Diese Untreue führte bei der Rückkehr der Krieger zu Streit, und manche Frauen, die von fremden Männern schwanger geworden waren, wurden verstoßen. Familien zerbrachen, und generell war der Zusammenhalt der Gemeinschaft in Gefahr, denn die Frauen machten nicht nur ihren Angehörigen, sondern dem ganzen Dorf Schande. Die Ältesten versammelten sich, um eine Lösung zu finden. Nachdem sie eine Weile gestritten hatten, beschlossen sie, alle Frauen der Gemeinschaft zu verstümmeln, zu beschneiden. Denn eine beschnittene Frau kann kein sexuelles Verlangen mehr spüren. Sie kann jahrelang auf ihren Mann warten, ohne Lust zu empfinden, also betrügt sie ihn auch nicht. Dieser Beschluss machte uns Frauen zu Gefäßen mit einer großen Öffnung, einzig dazu bestimmt, dem sexuellen Appetit unserer Männer zu genügen.»

Meine Mutter machte eine Pause und stieß einen tiefen Seufzer aus, in dem all ihr Groll und ihre Empörung mitschwang, dann fuhr sie fort: «Die Jahre vergingen, die Männer beruhigten sich, zwischen den Völkern am linken Ufer des N'zouan wurde nach dreiundvierzig Jahren Krieg endlich

Frieden geschlossen. Die Familien fanden wieder zusammen, und die Frauen betrogen ihre Männer nicht mehr. Allerdings veränderten sie sich auch. Jetzt, da sie nur noch leere Hüllen, gefühllose Körper waren, stöhnten sie nicht mehr vor Lust, wenn ihre Männer sie bestiegen. Manche wollten, dass die Beschneidung wieder abgeschafft wird, doch die Dorfältesten fürchteten, das würde die Frauen zur Untreue anstacheln, also gaben sie die Tradition an künftige Generationen weiter. Die Beschneidung wurde zu einem obligatorischen Ritual, dem sich alle Frauen zu unterziehen hatten, während in Vergessenheit geriet, wieso sie ursprünglich erfunden worden war.»

Ich denke an meine Kindheit, die Momente der Erfülltheit, des Glücks, wenn ich barfuß über die sandigen Straßen von Agougbia lief, sang und tanzte, während der ersten Regenfälle, die die Saatzeit ankündigten. Mit welcher Freude und Sorglosigkeit habe ich damals doch die Schönheit des Lebens bewundert. So blieb es, bis mich im Alter von zwölf Jahren die Pubertät überraschte, während ich gerade unter dem großen Mangobaum im Hof meiner Familie saß und den Reis fürs Abendessen schälte. Ein rötlicher Fleck tränkte mein Kleid, und ein dickflüssiger Schleim, der an meinem Bein hinunterlief, ließ mich vor Schreck aufschreien. Meine Mutter lief aufgeregt herbei, doch als sie sah, was geschehen war, beruhigte sie mich und sagte: «Das ist nur eine Frauenkrankheit.»

Das war es also. Ich war eine Frau geworden, oder zumindest auf dem Weg dahin, eine zu werden. Sofort kamen mir die Warnungen meiner Schwester Josette in den Sinn, die immer gesagt hatte, ich solle meine Kindheit voll auskosten, denn wenn ich erst mal zur Frau würde, hieße das, dass ich zur alten Na Kolou in den Unterricht musste.

Ich erinnere mich noch genau an den Tag, an dem meine Mutter und meine Großtanten mich der Obhut von Na Kolou übergaben. Sie kam persönlich bei uns zu Hause vorbei, um ihre neue Rekrutin abzuholen. Sie forderte mich auf, mich zu setzen, dann deklamierte sie feierlich, dass es für mich nun an der Zeit sei, zu lernen, was es bedeute, eine Frau zu werden. Sechs Monate sollte ich zusammen mit anderen Mädchen meines Alters bei Na Kolou bleiben und ihren Lebenskundeunterricht besuchen. Als ich das hörte, sah ich sie erschrocken an. Aber meine Mutter lächelte so zuversichtlich, dass meine Angst gleich wieder verschwand.

Der Unterricht bei Na Kolou bestand darin, uns die Rollen und Zuständigkeiten von Frauen in der Gesellschaft zu vermitteln, wobei die wichtigste ihre Funktion als Fundament der Familie war. Wir lernten den Haushalt zu führen, verschiedene Gerichte zuzubereiten, die in Agougbia zur Tradition gehören, was gute Ehefrauen und Mütter ausmacht und wie wir später unsere eigenen Kinder im Geiste unserer Vorfahren zu erziehen hatten. Und dann war da noch die Hauptaufgabe: Tapfer und schweigend das Joch unseres Lebens als Frau zu tragen, als ergebene Gattin eines polygamen Ehemanns, der so viele Frauen haben durfte, wie er ernähren konnte, schließlich seien viele Frauen nach der Schwangerschaft verbraucht und verblüht, also nicht mehr attraktiv für den Mann. Kurzum: Na Kolou lehrte uns, welchen Wert wir hatten.

So vergingen die Monate. Schon bald fühlten wir Aspirantinnen uns als Schwestern und entwickelten enge Bindungen untereinander. Wir waren eine Gemeinschaft, die auf ewig durch dasselbe schmerzhafte Schicksal geeint sein würde. Am Morgen des sechsten Monats erschienen unsere Mütter in

Begleitung einiger ehrenwerter Frauen, die mit Dorfältesten und Honoratioren verheiratet waren. Wir wurden tief in den Wald geführt, zu einer Lichtung, die erleuchtet war von sanftem Sonnenlicht, das durch die Blätter der Bäume schien und uns die Wangen streichelte. Nie wäre ich auf die Idee gekommen, dass an einem solch lieblichen Ort Gräueltaten wie die nun folgenden begangen werden könnten. Keine von uns hätte das geahnt.

Wir saßen im Kreis um Na Kolou herum, die uns einschärfte, dass wir jetzt stark sein müssten.

«Mädchen von Agougbia, an diesen Tag müsst ihr euch immer erinnern», sagte sie mit ernster, heiserer Stimme. Ihr kaltes Gesicht war von tiefen Falten gezeichnet, die aussahen, als habe ihr die Zeit Risse in die Haut gefressen, die all das Leid offenbarten, das sie im Lauf ihres Lebens mit angesehen hatte.

«Ab heute geltet ihr nicht mehr als Kinder, ihr werdet zu Frauen, echten Frauen, die das Erbe unserer Vorfahren in sich tragen. Erweist euch würdig, macht euch selbst, euren Müttern und all den Frauen unserer Gemeinschaft, die vor euch dieses Ritual durchlaufen haben, Ehre.»

Mich packte die Angst. Meine Mutter hatte ihre Hand auf meine Schulter gelegt. Als ich den Kopf hob und sie ansah, hoffte ich, in ihrem Blick etwas Kraft, Trost oder die Zuversicht von damals zu finden, aber ich sah nichts als Mitleid und die Schrecken der Erinnerung an den Schmerz, der ihr selbst vor vielen Jahren widerfahren war. Die alte Na Kolou hatte uns in vielen Themen unterrichtet, die mir jetzt alle auf einmal durch Kopf schossen: Ritual, wahre Frauen, Tradition, Ehre, Erbe der Vorfahren … Was war all diesen Begriffen gemein?

Bevor ich die Teile des Puzzles zusammenfügen konnte, riss mich ein lauter Schrei aus meinen Gedanken. Es war ein durchdringender, markerschütternder Wehlaut, der aus der Tiefe einer gepeinigten Seele drang. Alle Anwesenden fuhren zusammen und mir stockte das Blut in den Adern. Ich wollte herausfinden, woher der Schrei kam, aber meine Mutter hielt mich so fest, dass ich mich nicht bewegen konnte. Eine Minute später ein zweiter Schrei, dann ein weiterer und dann wieder einer. Wenn Na Kolou die geöffneten Schenkel einer Aspirantin berührte, versuchte jede von ihnen, sich zu wehren, schrie oder heulte, aber die Alte war schnell und geschickt. Unerbittlich drang ihre Klinge ins Fleisch der Mädchen ein, entfernte die Klitoris, die kleinen und großen Schamlippen.

Das laute Weinen wurde vielstimmiger und kam immer näher. Schon waren nur noch zwei Aspirantinnen vor mir, bis ich an die Reihe kam. Innerlich versuchte ich mich auf die Barbarei vorzubereiten und biss die Zähne zusammen. Meine Mutter raunte mir ins Ohr, ich solle tapfer sein. Inzwischen hielt sie mich so fest an den Schultern, dass es wehtat, als wolle sie mein Unglück teilen. Ich hatte anfangs ernsthaft vor zu fliehen, doch ich wusste, dass es ein Sakrileg gewesen wäre, das Unglück und Ehrverlust über meine Familie gebracht hätte. So schloss ich die Augen, fügte mich in mein Schicksal und erwartete die Qualen.

Fünf Minuten später wartete ich noch immer, war noch immer unversehrt. Als ich die Augen öffnete, sah ich überall Männer in Uniform und Na Kolou in Handschellen. Ein Ärzteteam kümmerte sich um meine heftig blutenden jungen Schwestern. Eine von ihnen starb zwei Wochen später an einer Infektion. Doch ich war im letzten Moment gerettet worden.

Nach diesem Ereignis wurde ich zur Aussätzigen, zur Frau, die niemand begehrte, zur Unberührbaren, die keine Familie für ihre Söhne haben wollte, denn mir fehlte das Erbe meiner

Vorfahren zwischen den Beinen. Ich lebte ein trübsinniges und eintöniges Dasein. Die Mädchen meines Alters, die an jenem Tag beschnitten worden waren, heirateten und wurden fast alle Mütter. Ich dagegen träumte von Liebesnächten mit zarten Berührungen, von einem Körper, der sich mit meinem vereinte und mir die Möglichkeit gab, mich als Frau zu fühlen. Als ich eines Nachmittags von der Feldarbeit heimkehrte, sah ich den schlanken, attraktiven Mann unter dem Mangobaum, der auf mein Lächeln reagierte. Er schien mir wie eine letzte Chance, wie ein Wink des Schicksals, das mir zeigen wollte, dass ich mich dieser Welt entziehen musste, diesem Volk, das den Wert meiner Existenz so niedrig schätzte. Ich wollte woanders hin, in eine Gegend, in der es kein Verhängnis war, nicht beschnitten zu sein.

Ich bereitete die Falle bis ins kleinste Detail vor. Erst meldete ich mich freiwillig für die Betreuung der Fremden an. Jeden Abend brachte ich Marco Essen und wir redeten stundenlang. Marco erzählte von der Stadt, dem Leben dort und der Mentalität der Bewohner. Er sagte lächelnd, ich würde eine exzellente Abidjanerin abgeben, und dass ich alle Städterinnen durch meine natürliche Anmut und meine samtige Ebenholzhaut in den Schatten stellen würde. Die Zeit mit ihm war mir kostbar und wertvoll. Marco war so freundlich, so rein, so gutgläubig, dass es mir schwerfiel, seinem Charme zu widerstehen, seinem kindlichen Lächeln und dem Leuchten in seinen Augen, das aufblitzte, sobald er davon sprach, dass er Kinderarzt werden wolle, weil Kinder für ihn die Hoffnung der Welt darstellten.

In der letzten Nacht seines Aufenthalts ging ich aufs Ganze. Neben dem Essen brachte ich ihm eine große Flasche süßen *Bandji* mit, den ich ihm listig einflößte. Er ahnte nichts und beim dritten Glas war er betrunken. Ich begleitete ihn in sein Zimmer und schlief mit ihm. Seine Erektion war schwach, aber mit der gleichen Erfindungsgabe, die mich hierhergeführt hatte, löste ich auch dieses Problem. So begoss Marco meinen Garten mit seinem Samen. Der Zeitpunkt war günstig, ich hatte gerade meine fruchtbaren Tage. So erreichte das Sperma sein Ziel. Drei Monate später war die Saat in meinem Körper aufgegangen.

Meine Familie kontaktierte Marco über seine NGO. Er kam nach Agougbia und entzog sich nicht seiner Verantwortung, obwohl er über meine Schwangerschaft sehr erstaunt zu sein schien. Einen Augenblick lang blieb ihm die Spucke weg, dann nahm er mich unter den beschämten Blicken meiner Eltern in die Arme. Alles war gekommen, wie ich es vorausgeplant hatte, dieses eine Mal war das Glück auf meiner Seite.

Wenig später kam Marco mit seinen Onkeln und seiner Mutter wieder, um bei meiner Familie offiziell um meine Hand anzuhalten. Nie hatte ein Mädchen aus meiner Gegend eine so hohe Mitgift bekommen. Zwölf Pagne-Kleider, zehn Kopftücher, drei Sets Kochtöpfe, Kasserolen und Suppenterrinen, zehn Kästen Bier und die beträchtliche Summe von 500.000 Francs*, obwohl meine Eltern nur 50.000 verlangt hatten. Meine Mutter jauchzte vor Freude. Selten hatte ich ein so breites Lächeln auf ihrem Gesicht gesehen. Voller Stolz marschierte sie hocherhobenen Hauptes an all den Frauen des Dorfes vorbei, die sie um ihr Glück beneideten, und sah dabei so schön und strahlend aus wie nie. Ihre Tochter zu verheiraten war ihre größte Freude, das schönste Geschenk, das ihre Vorfahren ihr je gemacht hatten.

---

* ca. 760 Euro

Noch am selben Tag lernte ich Anastasie, Marcos Mutter, kennen. Ich hatte befürchtet, es könnte Schwierigkeiten mit ihr geben, denn ich kannte die Geschichten über Schwiegermütter, die sich wie Megären aufführten und denen keine Frau für ihren Sohn gut genug war. Sie mischten sich in den Haushalt ein, demütigten ihre Söhne in Gegenwart ihrer Ehefrauen und machten damit beiden das Leben zur Hölle. Doch Anastasie war nicht wie andere Schwiegermütter. Sie nahm mich sofort auf wie ihre eigene Tochter.

Nachdem die Mitgiftzeremonie abgeschlossen war, folgte ich meinem Mann nach Abidjan. Dort wohnte ich mit meiner Schwiegermutter und Marco zusammen und lebte mich schnell ein. Es herrschte völlige Harmonie in unserem Haushalt. Anastasie sorgte rührend für mich. Sie hatte ein großes Herz und war immer für mich da, wenn ich sie brauchte. Sie wurde zu einer zweiten Mutter für mich, die mich vor allem schützte, sogar vor dem Geheimnis ihres Sohnes.

Ich lebte also in der besten aller Welten. Ich, Linda, die Unberührbare, die niemand hatte haben wollen, weil ihrem Körper das Erbe ihrer Vorfahren fehlte, wurde in Agougbia und allen Dörfern jenseits des N'zouan zum leuchtenden Beispiel aller Mütter, zu der Frau, die von den Gesetzen der Tradition unangetastet geblieben und in höhere Gesellschaftskreise aufgestiegen war. Ich wurde auch zum Vorbild für die jungen Mädchen meines Dorfes, die für Emanzipation kämpften, und begriff schnell, dass ich ihnen helfen konnte, indem ich ihnen vorlebte, dass es möglich war, ein Leben zu führen, in dem es um mehr ging, als nur einem Mann zu folgen. So gründete ich *Femme Battante*, «Kämpfende Frau», eine NGO, die sich für Frauenrechte einsetzte.

Nach unserer Hochzeit brachte Marco mir Lesen und

Schreiben bei. Ich lernte schnell, erledigte jeden Abend nach dem Essen die Übungen, die er mir gab, und machte innerhalb von drei Jahren meinen Primarschulabschluss. Weitere vier Jahre später folgte die Mittlere Reife und am Ende hatte ich nach zehn Jahren fleißiger Arbeit das Abitur in der Tasche.

Ich mochte die Geschichten, die Marco mir über Rosa Parks, Wangari Maathai und all die anderen schwarzen Frauen erzählte, die für ihre Freiheit und Ideale gekämpft hatten. Sobald ich lesen konnte, verschlang ich die Bücher, die Marco mir schenkte. Nach jeder Lektüre fühlte ich mich mehr in der Lage, mit den höheren Angestellten, die mein Mann zuweilen zu uns nach Hause einlud, über jedes Thema zu reden. Eine Ehefrau, die alle unsere Freunde für ihre köstlichen Kochkünste lobten, war ich sowieso, wobei die Rezepte allerdings stets mein Geheimnis blieben.

Ich war das perfekte Aushängeschild: eine weltoffene, von ihrem Mann geliebte Frau, die ihr Glück mit ihren Mitmenschen teilte. Aber in meinem Innern sah es anders aus. Meine Liebesnächte mit Marco hatten rein gar nichts mit dem Lustempfinden zu tun, über das meine Mutter mir aus der Zeit berichtet hatte, als die Frauen noch mit Vergnügen am Spiel der Liebe teilgenommen hatten. Eher hatte ich das Gefühl, mit mir zu schlafen sei für Marco eine lästige Pflicht. Jedes Mal musste ich lange insistieren, damit er überhaupt dazu bereit war, und trotz all meiner Bemühungen hielt er seine Erektionen nie länger als zehn Minuten. Dann kam er, ich täuschte einen Orgasmus vor und sagte ihm, er sei der Beste. Männer hören solche Komplimente gerne. Sie geben ihnen das Gefühl, dass sie auf dieser Welt noch zu etwas gut sind. Aber die Wahrheit war, dass meine Lust bei meinem Mann stets ungestillt blieb. Ich erfuhr nie wirklich, was es mit dem Gefühl des Orgasmus auf sich hatte. Wenn meine Freundinnen von den sexuellen Glanzleistungen ihrer Männer sprachen, betonte ich dennoch, dass auch mein Mann ein viriler Sexprotz mit unersättlichem Liebeshunger war. Doch Marco war im Bett nicht hungrig. Zärtlich und liebevoll war er, das schon. Seine Arme wärmten mich, gaben mir Geborgenheit und Ruhe. Oft streichelte er meine Wangen und fuhr mit den Fingern durch mein Haar. Seine Zärtlichkeit besänftigte mich. Sie ließ mich die Lage klaglos ertragen. Bis zu dem Zeitpunkt, als Marco anfing, regelmäßig zu Fortbildungsseminaren zu fahren. Mir war von vornherein klar, dass er fremdging. Aber ich ahnte nicht, wer die Rivalin war, die mir meinen Mann wegnehmen wollte. Erst gab ich mir doppelt Mühe, schön auszusehen und aktiver im Bett zu sein, kochte ihm das beste Essen, aber nichts von alledem zeigte Wirkung. Unsere Nächte blieben eintönig wie eh und je.

Was mich am meisten wurmte, war, dass er immer so zufrieden und ausgeglichen wirkte, wenn er von seinen Seminaren zurückkam. Mein Selbstwertgefühl litt sehr darunter, dass offenbar eine andere Frau in der Lage war, meinem Mann die Erfüllung zu schenken, die ich ihm nicht geben konnte. Ich fing an, mich überflüssig und machtlos zu fühlen. Also bediente ich mich mal wieder einer List. Ich bat Anastasie, zu ihrem Vater zu gehen und ihm zu sagen, dass ich immer sehr traurig sei, wenn er am Wochenende nach Yamoussoukro fuhr. Ich wusste, dass die Kleine sein schwacher Punkt war, seine Achillesferse, und dass er für das Glück seiner Tochter alles zu geben bereit war. Anastasie spielte ihre Rolle perfekt. Sie war großartig mit ihrem traurigen Blick, ihren feuchten Augen und der Träne, die ihr über die Wange kullerte. Es brach mir das Herz, meine Tochter zu missbrauchen und sie mit den komplexen Angelegenheiten zwischen Erwachsenen zu belasten, aber letztendlich tat ich es ja, um unsere Familie zusammenzuhalten, also auch für sie. Und es funktionierte. Von einem Tag auf den anderen veranstaltete der Ärztebund auf einmal keine Seminare und Vortragsabende mehr und Marco war viel öfter bei Anastasie und mir zu Hause. Wir zogen in eine große Villa in Cocody um, mein Leben war wieder im Lot. Das gab mir die nötige Kraft, mich in der Kirchengemeinde und meiner NGO zu engagieren.

Mit *Femmes Battantes* machten wir überall Veranstaltungen, um Frauen zu sensibilisieren, weit über die Umgebung von Agougbia hinaus. Wir erklärten verschiedenen Ethnien, dass die Beschneidung eine unzulässige Praxis war, die bei den Beschnittenen Wunden und Narben hervorrief, die sie ihr Leben lang quälten. Wie oft hatte ich Berichte von Frauen gehört, die ihr Sexualleben als wahren Albtraum erlebten. Einige spürten beim Beischlaf überhaupt nichts und täuschten, um der Harmonie ihrer Ehe Willen, Orgasmen vor, damit ihre Ehemänner sich besser fühlten, andere schämten sich für ihre Versehrtheit und fürchteten, der Mann könne merken, dass sie zwischen den Beinen die Spuren von Verletzungen trugen und bei der Liebe nichts spürten. Die Frauen der zweiten Kategorie litten heimlich, wiesen alle Männer ab, die um sie warben, selbst wenn sie in sie verliebt waren. Das schwerste war für beschnittene Frauen allerdings die Geburt. Die Risse, die dabei an der Vagina entstanden, waren bei ihnen heikler, die Blutungen schwerer und das Risiko, bei der Entbindung zu sterben, ungewöhnlich hoch.

Trotz aller Reden, Erfahrungsberichte und Kampagnen hielt sich die Tradition der Beschneidung hartnäckig. Im Grunde verstehe ich die Ethnien, die in dem Ritual das Tor zur Ehe sehen. Ein Mann heiratet eine beschnittene Frau, denn sie gilt als Frau von Wert und Anstand, weil sie die Lehren der Vorfahren studiert hat und den Gesetzen der Gemeinschaft gefolgt ist. Dadurch ist sie in der Lage, problemlos ihren Haushalt zu führen, ihre Familie zu respektieren und zu wissen, welchen Platz sie in der Gesellschaft hat. Wer wird eine Tochter heiraten, die nicht diese Schule durchlaufen hat? Wer in meinem Dorf hätte mich je geheiratet? Ich habe alle Lektionen der alten Na Kolou gelernt, mit Eifer und Hingabe. Ich habe gelernt, dass eine Frau ihrem Mann untertan sein muss, ihm und seiner Familie keine Unehre machen darf und sich nie in der Öffentlichkeit über ihn beklagen sollte. Das alles und noch vieles mehr weiß ich, aber ich galt dennoch als unwürdig und unrein.

Ich habe lange hin und her überlegt, wie ich den Frauen meines Dorfes beibringen könnte, sich von der Beschneidung zu befreien. Damit war ich zeitweise so sehr beschäftigt, dass ich, ohne es zu merken, von einem anderen Feind überrumpelt wurde. Eines Morgens erklärte mir Marco, er müsse kurzfristig nach Aboisso fahren, um einen Patienten zu sehen. Er verhaspelte sich beim Reden, dachte sich die Geschichte ganz offensichtlich aus und wollte mich täuschen. Ich begegnete der Situation mit Feigheit. So war ich nun mal erzogen worden. In der Welt, aus der ich komme, wäre es undenkbar, dem Ehemann offen ins Gesicht zu sagen, dass er lügt. Also blieb ich ruhig, zeigte mein Misstrauen nicht und wünschte ihm eine gute Reise.

Marco wurde wieder munterer. Immer, wenn er aus Aboisso kam, war er bester Stimmung. Er küsste mich, nahm mich in die Arme und strich mir übers Haar, als ob alles in bester Ordnung wäre. Dabei war nichts in Ordnung. Traurig und niedergeschlagen, wie ich war, fühlte ich mich nicht mehr in der Lage, meine Pflichten als Ehefrau zu erfüllen und meinen Mann glücklich zu machen. Bevor er sich den Patienten in Aboisso ausdachte, hatte ich ihn mehrfach in der Nacht an Anastasies Bett sitzen sehen, mit verlorenem Blick, müdem Gesicht und so leise weinend, dass es klang wie Stimmen aus dem Jenseits. In solchen Momenten tat er mir leid, aber jetzt hasste ich ihn nur noch dafür, dass er die Stirn hatte, glücklich zu sein und es auch noch zu zeigen, wenn auch nur einmal in der Woche.

Mehrere Monate ging das so. Marcos Patient wurde immer wieder krank und sein Zustand verbesserte sich trotz aller ärztlichen Maßnahmen nicht. Ich wartete brav und resigniert auf meinen Mann, tröstete mich mit Hoffnungen und Gebeten. Dann stellte Marco mir eines Abends einen gewissen Gérôme vor, angeblich der Sohn eines langjährigen Freundes. Ich hatte sofort Zweifel. Erstens wusste ich, dass Marco kaum Freunde hatte, abgesehen von denen, die wir gemeinsam in der Kirchengemeinde trafen, zweitens erinnerte ich mich noch sehr genau an Gérôme, den jungen hübschen Kerl, der Marco vor knapp einem Jahr am Ende der Messe einen Flyer zugesteckt hatte. Wir Frauen haben ein gutes Gedächtnis, wenn es um gutaussehende Männer geht. Um ehrlich zu sein, erinnere ich mich auch deshalb so gut an diesen Sonntag, weil ich mir damals selbst vorstellte, wie es wäre, mit Gérôme im Bett zu liegen und seine kräftigen Armmuskeln, seinen knackigen Hintern, sein Sixpack zu streicheln. Ja, ich konnte mir gut vorstellen, dass dieser Mann die Glut meines Verlangens wieder anfachen könnte. Aber offenbar war ich nicht sein Typ.

Von einem Tag auf den anderen wurde Gérôme Teil unseres Alltags, während von dem Patienten in Aboisso, der so viele Rückfälle gehabt hatte, nie wieder die Rede war. Als ich irgendwann fragte, was aus ihm geworden sei, antwortete Marco klipp und klar, er sei tot.

Irgendetwas an der Freundschaft zwischen Marco und Gérôme erregte mein Misstrauen, und die tiefen einvernehmlichen Blicke, die sie einander gelegentlich zuwarfen, bestätigten meine Zweifel. Dennoch wollte ich die Wirklichkeit nicht wahrhaben. Immer wieder fand ich Vorwände und absurde Erklärungen, um mich selbst zu beruhigen. Nein, mein Marco kann nicht einer dieser scheußlichen Perversen sein, sagte ich mir ständig, als müsse ich es nur oft genug sagen, damit es wahr wurde. Denn diese Vorstellung durfte sich nicht bewahrheiten. Sie war so unfassbar, dass allein der Gedanke daran mich fast umbrachte.

Dann aber stellte das Schicksal mich vor vollendete Tatsachen. Ich sah, wie mein Ehemann von Gérôme geliebt wurde wie eine Frau. Und wie er dabei sein Vergnügen, sein Glück, seine Lust zeigte. Er war wie in Trance, sagte unanständige Dinge, bat Gérôme, ihn noch einmal zu nehmen, fester diesmal, ihn ganz und gar zu durchdringen …

Der Schmerz war überwältigend. Rasend schnell breitete er sich überall in meinem Körper aus, wuchs und verwandelte sich in ein Werkzeug der Rache. Schon bald konnte ich ihn nicht mehr beherrschen, gab ihm nach und schlug alle Lehren in den Wind, die ich von Na Koulou gelernt hatte. Plötzlich sah ich in Marco nur noch das, was er war: ein widernatürliches Wesen, eine Schande, ein Ungläubiger, der beim Jüngsten Gericht in die Hölle geschickt werden würde … So schleuderte ich ihm all den Frust entgegen, der sich in meinem Herz zwanzig Jahre lang aufgestaut hatte, und beschimpfte ihn mit den schlimmsten Wörtern. Ich wurde hysterisch und merkte erst gar nicht, dass uns draußen die Nachbarn zuhörten und die Frauen miteinander tuschelten. Als ich es schließlich doch merkte, erschienen mir ihre mitleidigen Gesichter wie Spott und Hohn. Sicher hatten sie schon seit Jahren darüber getratscht, dass meine Ehe zu perfekt war, um wirklich zu existieren.

Ich schrie, tobte, beschimpfte und schlug Marco, der nicht reagierte. Ich bat sogar Gérôme, zu uns zu ziehen und abwechselnd mit mir und Marco zu schlafen, denn offenbar hätten mein Mann und ich beide eine Schwäche für die starken Körper potenter Kerle. Ich war so außer mir, dass ich schlicht nicht wusste, wie ich meiner Wut anders hätte Luft machen sollen. Für Situationen wie diese hatte Na Kolou uns nicht geschult. Sie hatte uns nicht beigebracht, was zu tun war, wenn wir auf einen Mann eifersüchtig waren. Wie sollte ich mit Gérôme konkurrieren, wo wir doch nicht dieselben Waffen zur Verfügung hatten.

Mir kam die verhängnisvolle Nacht in Agougbia in den Sinn, in der ich mit Marco mein falsches Spiel gespielt hatte. Jetzt musste ich dafür bezahlen. Ein Sprichwort in meinem Dorf lautet: «Wenn du um jeden Preis heiraten willst, bleibst du am Ende auf einer Schwangerschaft sitzen.» Ja, ich wollte mein Dorf verlassen, meiner Familie entkommen. Ich stürzte mich auf die erstbeste Gelegenheit, auf den ersten Mann, der sich ein wenig für mich interessierte, ohne mich zu versichern, dass er wirklich zu mir passte, mich wirklich ergänzte. Er seinerseits hatte mich benutzt, um vor der Gesellschaft seine Veranlagung zu kaschieren und seiner Mutter einen Gefallen zu tun. Und meine Schwiegermutter … Plötzlich wurde mir vieles klar. All ihre diskreten Anspielungen, die ständigen Fragen, ob mir an Marcos Verhalten etwas Seltsames aufgefallen sei, ergaben auf einmal Sinn. Sie wusste Bescheid. Auch für sie war ich ein perfekter Fang, ein Mädchen vom Dorf, das keine Fragen stellen und die ideale Ehefrau für ihren schwulen Sohn sein wollte.

Mir wurde schwindelig davon, mit welchem Tempo in meinem Kopf nun ein Dominostein nach dem anderen umfiel. All die Erkenntnisse waren zu viel für mich. Ich strauchelte und brach zusammen. Der Schlaf, der dann folgte, war düster und wild. Ich träumte, der Tod hätte mich abgeholt, was gleichzeitig verstörend und gut war. Denn ich wollte nicht wieder aufwachen und die öffentliche Schande, die mein verletztes Herz hervorgerufen hatte, tragen müssen.

Als ich am nächsten Morgen wach wurde, fühlte ich Marcos Hand an meiner Wange. Er streichelte mich und fuhr mir durchs Haar, mit seinen Fingern, die mich jetzt anwiderten. Ich blieb reglos im Bett liegen und stellte mich schlafend. Ich hätte es nicht geschafft, ihm in sein teuflisches Gesicht zu sehen, und noch weniger, mit ihm zu reden. Worte halfen nichts mehr. Er hatte meine Würde mit Füßen getreten, meine Eigenliebe zerfetzt und sie auf den Müll geworfen. Es kostete mich einige Überwindung, meine Wut und meinen Ekel nicht gleich noch mal laut hinauszuschreien, aber ich schaffte es, mich zu beherrschen, bis er aufhörte, aufstand und die Tür hinter sich schloss. Erst dann ließ ich meinen Schmerz heraus, schluchzte und wollte sterben.

Ich weiß, dass Marco und ich nie wieder zusammenfinden. Ich könnte seine Gegenwart nicht mehr ertragen. Schon wenn ich nur an ihn denke, reißen sofort die Wunden wieder auf, die sein Verrat mir zugefügt hat, und werden größer. Danach bin ich noch verzweifelter als vorher. Ich weine und weine und schwöre mir, nie wieder im Schatten eines Mannes zu leben.

Es wird noch lang, wochenlang, dauern, bis die Tränen meines gebrochenen Herzens versiegen. Aber wie die Frauen meines Dorfes werde ich stark sein und wieder aufstehen. Ich werde das Leben als gefügige, an die Konventionen der Gesellschaft gekettete Frau hinter mir lassen. Der Nebel, der meine Gedanken verdüstert, wird verschwinden und das Licht, das am Horizont auftaucht, wunderbar sein. Der Tag der Freiheit wird kommen.

KAPITEL 5

GENERATION 2.0

ANASTASIE

Ich komme aus einer bescheuerten Familie. Mein Vater ist ein Schwuler, meine Mutter eine Dörflerin, die ihm eine Schwangerschaft untergeschoben hat, um aus dem Busch rauszukommen, meine Großmutter eine übereifrige Christin, die ständig alle belehrt, wie sie ein tugendhaftes Leben zu führen haben, aber paradoxerweise in ihrer eigenen Jugend eine Abtreibung hatte. Und ich sitze mittendrin in dem ganzen Durcheinander, ich bin ihre drogenabhängige Prinzessin.

Unsere Familienverhältnisse waren nicht immer so. Vor neun Monaten waren wir noch die perfekte Vorzeigefamilie. Ich dachte, ich hätte das beste Leben, mit den genialsten Eltern der Welt. Bis zu dem Tag, als alles zusammenkrachte. Papas Doppelleben hat unsere Familie zerstört. Mama hat die Scheidung eingereicht, Papa ist mit seinem Lover abgehauen und wir wurden zur Lachnummer des ganzen Viertels. Das ging alles so schnell, dass ich zuerst dachte, es wäre nur ein Traum, beziehungsweise ein böser Albtraum. Meine Welt ist zusammengebrochen, mein Leben abgestürzt. Ich fühlte mich total verlassen und vergessen in dieser neuen Welt, in der sich ständig alles änderte, war hin- und hergerissen zwischen einem Vater, der versuchte, in seinem neuen Leben klarzukommen, einer Mutter, die tagelang rumheulte, und einer Großmutter, die quasi in die Kirche umsiedelte, um ständig zu wachen und zu beten. Diese ganzen Umstände haben mich in meine jetzige Lage gebracht und in eine Abhängigkeit geführt, die zur Folge hat, dass ich meine Familie mehr hasse als alles auf der Welt.

Ich bin zur Süchtigen geworden, oder auf jeden Fall «toxikoman», wie es Boris, der Psychologe in der Entzugsklinik, nennt, in der mich meine Eltern haben einsperren lassen wie eine Verbrecherin. Seit sechs Wochen bin ich schon hier. Ich hasse den Laden. Er ist langweilig und düster, es gibt keine Farben, keine Wärme, kein Leben. Mein Zimmer ist neun Quadratmeter groß. Da kriegt man Platzangst, wenn man zwischen diesen kalten Wänden eingesperrt ist, die stumm und kalt und gefühllos sind und weder meine Probleme noch meine Wut verstehen.

Seit ein paar Tagen treiben mich verschiedenste Gefühle um: Frust, Trauer, Schuld, Scham, Angst, Ärger und … na ja, ein ganz bisschen Liebe. Ich bin völlig durcheinander und desorientiert. Den ganzen Tag denke ich über mein Leben nach, über die holperigen Sackgassen, in die ich reingeraten bin, die Raserei, die meine Gefühle erstickt und vergiftet. Und natürlich diese Wut, die ich unbedingt loswerden muss, wenn ich draußen wieder Fuß fassen will.

Gestern hat mir Doktor Boris eine Aufgabe gegeben, die helfen soll, mich von Teilen meiner Wut zu befreien: Schreiben. Er ist der Meinung, dass ich Druck ablassen kann, wenn ich meinen Unmut in Worte fasse, ihn mir sozusagen von der

Seele schreibe. Das soll die Wut abschwächen. Erst fand ich das absurd und lächerlich, aber ich hab hier nicht viel zu tun den ganzen Tag, also kann ich es ja mal versuchen.

Wo soll ich anfangen? Vielleicht in meiner Kindheit, da gab es Momente echten Glücks, als meine Familie noch intakt und glücklich war. Oder bei der Trennung meiner Eltern. Bei der Blamage, die unsere Familie heimgesucht hat. Bei meinen Erfahrungen mit den Drogen. Oder bei der Sucht, der Gefangenschaft im Entzug, den wiederkehrenden Entzugserscheinungen, die mich fast wahnsinnig machen. All diese widersprüchlichen Themen schießen durch meinen Kopf, und ich kann sie nicht aufhalten. Vor meinem inneren Auge sehe ich ständig, wie zwei Parallelwelten zusammenstoßen und die katastrophale Welt hervorbringen, in der ich jetzt lebe.

Wäre Papa bloß nicht so ein Idiot gewesen, dann wäre jetzt alles … ganz anders. Dieser Gedanke regt mich am allermeisten auf. Er kitzelt meine Wut in ihrer ursprünglichsten Form. Da kommt sofort der Hass hoch, der meine Gedanken verstopft und verfinstert. Dann will ich töten oder jemanden quälen. Ich könnte mit dem Schreibblock anfangen, ihn mit den Zähnen zerreißen, mit meinem eigenen Blut draufschreiben, dass ich meine Eltern hasse und verabscheue. Mein Atem beschleunigt sich, aber nach einer Weile lasse ich den Block wieder los. Jetzt zittere ich am ganzen Körper, wie im Entzug. Erschreckend, wie stark meine Wut ist. Sie macht mich zu einer anderen, zum Monster, ich bin dann nicht mehr ich selbst. Dann ist da noch die Angst. Die bringt mich in meine Kindheit zurück, in die Zeit, in der meine Mutter immer heulte, wenn Papa am Wochenende verreiste. Damals dachte ich oft, meine Eltern würden sich trennen. Ich beginne einfach mal mit einer Episode aus meiner

Kindheitsgeschichte. Da fing schließlich alles an. Ich bin jetzt ruhiger, nehme den Kuli zur Hand und lasse die Worte aufs Papier fließen.

Als ich zum ersten Mal merkte, dass es zwischen Papa und Mama nicht gut lief, ging ich noch in die Vorschule. Ich war ein fröhliches und sorgloses Kind. Schlau war ich auch. Papa sagte immer, ich hätte eine große Zukunft vor mir. Er war mein Held, mein Gott. Er war der einfühlsamste, aufmerksamste und lustigste Mann, den ich kannte. Auch der schönste. Jeden Abend erzählte er mir vor dem Einschlafen eine Geschichte von Prinzessinnen, in der immer ich die Heldin war. Ich mochte seine phantastischen Ideen, die von Erlebnissen im Alltag inspiriert waren, und noch mehr mochte ich die Grimassen, die er zog, wenn er erzählte. Je nachdem, welche Figur an der Reihe war, wurde seine Stimme kindlich, tief oder hoch, seine Bewegungen lebhaft oder behäbig, und ständig änderte sich sein Gesichtsausdruck. Am Ende der Geschichten applaudierte ich, und Papa schickte Handküsse in die unsichtbare Menge und grüßte das Publikum. Ich lachte mich kaputt, Papa küsste mich auf die Stirn und wünschte mir eine gute Nacht. Alles war perfekt, bis zu dem Abend, an dem er nicht da war und ich mitbekam, dass Mama weinend in ihrem Zimmer saß. Ich traute mich nicht, sie anzusprechen, aber es tat weh, ihre Tränen zu sehen. Das wiederholte sich noch ein paarmal, immer wenn Papa auf Reisen war. Ich schlich zu Mamas Zimmer, legte ein Ohr an die Tür und hörte ihr verzweifeltes Schluchzen und Seufzen. Heimlich weinte ich mit.

Irgendwann rief sie mich in ihr Zimmer und erzählte, Papas Reisen würden sie unglücklich machen. Ich sollte mal mit ihm reden und ihm sagen, dass er nicht so oft wegfahren soll. Dann ließ sie noch beiläufig fallen, wenn er so häufig weg sei, könnte es sein, dass er uns irgendwann ganz verlässt. Ich war jung und unschuldig, ein Kind halt, deshalb verstand nicht so ganz, was Mama da erzählte, aber ich wollte natürlich auf keinen Fall, dass wir getrennt wurden. Papa sollte für immer bei uns bleiben, also tat ich, was Mama von mir wollte, und sprach mit ihm. Währenddessen dachte ich die ganze Zeit darüber nach, was aus unserem Leben werden sollte, wenn er wegging, wie traurig und einsam dann alles wäre. Diese Gedanken hatten zur Folge, dass ich selbst anfing zu heulen und er mich trösten musste, das konnte er sehr gut.

Heute würde ich sagen, dass Mama durch die seltsame Aktion den ersten Keim der Wut säte, die mich heute treibt. An diesem Tag wurde mir bewusst, dass mein Held, mein Gott, auch nur ein Mensch war, dass er sterblich war, Fehler machte und verschwinden konnte. Aber ich war erfolgreich. Papa ging nicht mehr auf Reisen, Mama war wieder glücklich, der Frieden im Haus wieder hergestellt. Dass das alles nur Fassade war und der friedliche Schein nur auf Lügen und Illusionen basierte, merkte ich als Kind und Jugendliche noch nicht. Stattdessen dachte ich, wir wären eine perfekte Familie. Am Wochenende besuchte ich meine Oma in Yopougon. Die verhätschelte mich total. Nachdem Papa seine Reisen eingestellt hatte, lief zehn Jahre lang alles bestens. Dann trat ein neuer Störfaktor in unser Leben – ein Eindringling.

Er hieß Gérôme und war der Sohn eines Jugendfreundes von Papa, der in Europa lebte, so stellte Papa ihn uns jedenfalls vor. Gérôme sah aus wie ein Bodybuilder, richtig gut also. Er war cool und lässig. Als ich ihn im Alter von sechzehn Jahren kennenlernte, klickerten bei mir ganz schön die

Hormone. Aber Gérôme gefiel mir nicht nur äußerlich, ich mochte auch seine offene, freundliche Art. Wenn er zu uns kam, setzte ich mich manchmal zu ihm und flirtete ihn an. Dann rückte ich ganz nah an ihn heran und bat ihn, eine seiner lustigen Geschichten zu erzählen, von denen er eine Menge auf Lager hatte. Er folgte meinem Wunsch, ich lachte mich schlapp über seine Witze und eigentlich war die Stimmung super. Doch je öfter Gérôme zu uns kam, desto unentspannter wurde Papa. Oft guckte er misstrauisch und wirkte gereizt. Besonders empfindlich reagierte er, wenn ich mich auf Gérômes Schoß setzte und sagte, er wäre der ideale Mann für mich und würde für mich nach meinem Vater gleich an zweiter Stelle kommen. Ich meinte das im Scherz, aber Papas gezwungenes Lächeln signalisierte, dass er es nicht lustig fand. Das erklärte ich mir damit, dass ich eben seine Prinzessin war, dass er mich überbehütete und, wie viele Väter, keinen Mann gut genug für seine Tochter fand. Die Wahrheit sah allerdings anders aus. Mit dem Abstand von heute leuchtet mir ein, dass sein komisches Verhalten ein Zeichen dafür war, dass die Eifersucht seinen ganzen Körper erfasst hatte. Er benahm sich wie ein Schuljunge in der Pubertät. Dadurch warf er die Harmonie der Familie über den Haufen und uns in den Müll.

Am Tag, nachdem die ganze Welt von Papas Schande erfahren hatte, besuchte er wie jeden Sonntag Oma, bei der ich das Wochenende verbrachte. Ich wusste, dass am Vorabend irgendetwas Krasses passiert sein musste, denn Oma hatte die ganze Nacht lauter komisches Zeug geredet. Erst ging es um eine Geschichte aus ihrer Vergangenheit mit einem gewissen Motobé, dann um eine Sünde, die sie in ihrer Jugend begangen hatte, und dann platzte sie damit heraus, dass sie ihren ersten Mann umgebracht und sein Kind abgetrieben hatte. In unserer Familie haben Scheußlichkeiten offenbar Tradition, sie sind wie ein Initiationsritus.

Bei Papas Besuch hörte ich dann von seinem Kinderzimmer aus, in dem ich immer übernachtete, wenn ich bei Oma war, einen Streit der beiden.

«Mama, ich bin schwul!», brüllte er plötzlich.

Mein Herz hörte für eine halbe Sekunde auf zu schlagen und mir fielen fast die Augen aus dem Kopf. Anfangs versuchte ich mir einzureden, dass ich mich verhört hatte, aber das war Quatsch. Papa hatte diese Worte tatsächlich gesagt. Laut und deutlich. Ich war wie versteinert und blieb fast eine Viertelstunde regungslos auf dem Bett liegen. Ich konnte keinen klaren Gedanken fassen, der kalte Schweiß brach mir aus und ich bekam Bauchkrämpfe. Als ich die Kraft wiederfand, das Zimmer zu verlassen, war Papa schon weg und Oma auf den Knien, heulend im Gebet versunken.

Durch dieses Ereignis begann mein Abstieg, mein Entwürdigungsmarathon. Als ich nach Hause kam, lag Mama inmitten heilloser Unordnung auf dem Fußboden ihres Zimmers. Der Spiegel an ihrem Frisiertisch war zerbrochen und die Federn der Kissen flogen durch die Luft und stoben bei jedem Windstoß, der durchs offene Fenster kam, auseinander. Die Szenerie wurde begleitet von Mamas Seufzern – die klangen wie das Fauchen einer verletzten Löwin.

«Jetzt hat uns dein Vater doch noch verlassen! Er ist für immer mit Gérôme weggegangen», stammelte sie und zeigte auf den halbleeren Schrank. «Er hat uns verraten, er ist eine Schwuchtel! Dein Vater ist ein warmer Bruder, mein Kind.»

Ich nahm Mama in die Arme und drückte sie fest an mich. Sie schluchzte und schien fast in ihren Tränen zu ertrinken. So richtig begriff ich noch nicht, was hier gerade passierte und was es für unsere Familie bedeutete. Eher fragte ich mich, wann ich endlich aus diesem Albtraum aufwachen und über meine verrückten Phantasien lachen würde.

Aber dies war nun mal die Wirklichkeit. Also musste ich mir ein paar Fragen stellen. Wie und wann hatte sich mein geliebter Vater nur in so ein Ekelpaket verwandelt? Warum war er gegangen, ohne mir zu erklären, was los war? Wie konnte der freundlichste Mann, den ich kannte, meiner Mutter, meiner Oma und mir so viel Schmerzen zufügen? Ich zog aus allen Fragen denselben Schluss: Papa liebte uns nicht mehr und hatte uns im Stich gelassen.

Die nächsten Tage waren unselig. Mama verließ das Haus nicht mehr, weil sie nicht den Mut und die Kraft aufbrachte, den Nachbarn unter die Augen zu treten und ihre indiskreten Fragen und ihr geheucheltes Mitleid zu ertragen. Sie stand den ganzen Tag nicht auf, wusch sich nicht, aß kaum, heulte dauernd und stieß wüste Verwünschungen gegen Papa und seine ganze Familie aus. In ihrem Delirium sagte sie irgendwann, sie hätte diesen Mann nie mit einer Schwangerschaft erpresst, wenn sie gewusst hätte, welches Leid er ihr zufügen würde.

Auch daraus zog ich meine Schlüsse. Auf einmal fühlte ich mich ausgestoßen und unerwünscht. Wenn Mama bedauerte, von Papa schwanger geworden zu sein, dann musste sie ja wohl auch bedauern, mich zur Tochter zu haben. In ihrem Kummer merkte sie nicht, dass das Gift ihrer Worte mich wütend machte und mein Selbstwertgefühl zerstörte. Ich wurde depressiv.

Papa kam nicht wieder, sendete mir auch kein Lebenszeichen. Ein paarmal ging ich zu dem Krankenhaus, wo er seine Praxis hatte, und hielt nach ihm Ausschau. Insgeheim hoffte ich wohl, dass er plötzlich auftauchen und mir sagen würde, dass das alles hier nur ein abgekartetes Spiel war und ich immer noch seine kleine Prinzessin, die Sonne seines Lebens war. Aber das Universum ist unendlich, und er hatte in anderen Galaxien seine neue Sonne gefunden. Er blieb verschwunden. Die Sekretärin sagte, er habe unbegrenzten Urlaub genommen.

Ich beschloss, mich an meine Großmutter zu wenden. Liebe- und schutzbedürftig, wie ich war, wollte ich von ihr eigentlich nur hören, dass ich mehr war als ein Mittel zum Zweck, mehr als der Köder einer einsamen Frau, die sich einen Mann hatte angeln wollen. In der Wohnung meiner Großmutter jedoch brannten überall Kerzen, sie hatte sich völlig in ihre spirituelle Welt zurückgezogen, redete nicht, sondern betete nur und kämpfte ohne Unterlass gegen Dämonen, die nur in ihrem Kopf existierten. Ich kam überhaupt nicht zu ihr durch. Das hieß, ich hatte niemanden mehr, dem ich mein Herz ausschütten konnte. Meine Familie hatte mich im Stich gelassen. Ich war allein.

Was gibt ihnen das Recht, jetzt noch zu behaupten, dass sie mich lieben und sich wünschen, dass ich glücklich bin? Wo sind sie gewesen, als ich ihre Zuneigung am meisten gebraucht hatte? Sie haben mir alle den Rücken gekehrt. Sie waren feige und haben einer Sechzehnjährigen zugemutet, mit ihren Qualen allein fertigzuwerden. Ich verachte sie aus tiefstem Herzen.

Der letzte Satz hat meinen Hass neu belebt. Mir wird klar, dass die Übung von Doktor Boris Wirkung zeigt, mir aber auch viel Zeit raubt. Gleich ist Mittag. Ich habe vier Stunden lang geschrieben. Nur noch ein paar Stunden, dann habe ich wieder Therapie bei Boris. Daran erinnere ich mich immer wieder, wenn mir die Zeit zu lang wird. Ich bin ungeduldig. Seine Besuche sind die einzigen Lichtblicke an diesem verrückten Ort. Nur dank ihnen verfalle ich nicht dem Wahnsinn und bleibe mit beiden Beinen auf der Erde. Doktor Boris ist ein genialer Psychologe. Nach meinen zwei Wochen hier ist er schon der dritte Therapeut, dem ich zugewiesen wurde. Als ich herkam, war ich zugegebenermaßen ziemlich wild. Kein Arzt wollte mich mehr behandeln, nachdem ich die ersten beiden, die sich in meine Gedanken drängeln wollten, total fertiggemacht hatte. Ich wurde von den anderen Patienten isoliert, meine Handgelenke an die Bettpfosten gefesselt. Es war die Hölle. Kalter Entzug. Das Erste, woran ich mich danach erinnere, ist die ruhige, freundliche Stimme von Doktor Boris. Auf seine Art ist er Papa ziemlich ähnlich.

«Warum ist eine so schöne Seele wie deine so unruhig?»

Das waren seine ersten Worte, während er meine Handfesseln löste. Seine Stimme drang in mein Ohr, besänftigte mich, löste meine Wut auf. Ich sah ihm in die Augen. Er war noch sehr jung, nicht älter als sechsundzwanzig, ein charmanter, junger, gutaussehender Assistenzarzt. Welche Geheimnisse er wohl verbirgt, dachte ich. Wir kaschieren doch alle schreckliche Dinge, furchtbare Neigungen, und er will mich mit seinen schönen Augen und seinen sinnfreien Worten bändigen.

Gerade als er dachte, er hätte mich beruhigt, spuckte ich ihm ins Gesicht und haute ihm mit meinen abgemagerten Hungerhänden eine runter. Doktor Boris reagierte darauf nicht. Statt wütend zu werden, blieb er ganz ruhig, lächelte mich an und nahm mich in die Arme. Das hat mich so verblüfft, dass meine eiserne Maske zerbrach. Ich war entblößt, entwaffnet, mein Körper entspannte sich und ich nahm von Boris etwas Wärme und Zärtlichkeit entgegen. Plötzlich wurde mir bewusst, was ich mir selbst angetan hatte. Ich konnte meinen Eltern noch so lange vorwerfen, dass sie mich vergessen hatten, die Folgen meiner Taten musste ich trotzdem selbst tragen. Ich weinte in seinen Armen.

Es klopft an die Tür. Ich tauche aus meinen Erinnerungen auf. Die Hilfsschwester kommt mit dem Wagen herein, dessen Räder auf dem Kachelboden quietschen. Sie ist neu hier, dick und rund, und ihr Hängebauch lässt vermuten, dass sie schon mindestens zwei oder drei Kinder gekriegt hat. Ihr rundes Gesicht und ihr naives Lächeln sind nicht unangenehm, aber ich wende den Blick schnell ab. Ich will ihre Freundlichkeit nicht. Am liebsten würde ich ihr sagen, dass sie in ein Abmagerungs-Camp gesperrt werden müsste, beherrsche mich aber.

«Heute gibt es Erbsen und Fisch. Es schmeckt wirklich sehr gut!»

Sicher denkt sie jetzt, ich würde lächeln, aber ich blicke starr auf die weiße Kachelwand, verharre in Schweigen, in angenehmer Ruhe, bis ich höre, wie sie die Tür wieder hinter sich schließt.

Das Essen schmeckt tatsächlich, aber ich habe keine Lust darauf. Seit ich eingesperrt bin, esse ich fast noch weniger als vorher. Ich beschließe weiterzuschreiben, hole tief Luft und stürze mich in den tobenden Ozean meiner Gedanken.

Ich war tot. Obwohl, eigentlich weiß ich nicht, wie ich den Zustand nennen soll. Jedenfalls war ich mir sicher, dass ich nicht mehr richtig am Leben war. Meine Angst ließ mich nicht los. Sie war schwer zu ertragen. Meine Mutter weinte unaufhörlich. Ich wollte nur weg. Raus aus dieser trüben Wirklichkeit. Deshalb war ich immer seltener zu Hause. Ich lief durch die Gassen der benachbarten Viertel, wo keiner etwas von meiner Geschichte gehört hatte. Manchmal blieb ich unvermittelt stehen, wenn ich einen Vater mit seiner Tochter sah. Aber dann dachte ich an Papa, der irgendwo mit seinem Lover zusammen war statt mit mir, bekam einen Kloß im Hals und lief schnell weiter.

Eines Abends war ich sehr lange gelaufen und bestimmt schon drei oder vier Kilometer von zu Hause entfernt. Auf dem Rückweg überraschte mich die Dunkelheit. Der Weg war gesäumt von hohem Gras, und als ich an eine Weggabelung kam, tauchten zwischen den Halmen plötzlich ein paar Jugendliche auf, deren Gesichter von Augenringen, Schwellungen und Narben gezeichnet waren. Sie waren eingehüllt in eine Rauchwolke, deren intensiven Geruch der Wind zu mir herübertrieb. Nachdem ich zweimal eingeatmet hatte, wurde mir ein bisschen schwindelig. Einer der Jugendlichen kam auf mich zu und zog mich neben sich ins hohe Gras.

«Was suchst du hier?»

Seine Stimme war rau und hart. Ich hatte wahnsinnige Angst vor dem Typen, aber statt wegzulaufen, redete ich einfach ohne Punkt und Komma drauflos. Vor lauter Nervosität erzählte ich ihm sogar die Geschichte meiner Eltern. Während meines Redeschwalls sah ich den Jungen die ganze Zeit starr an, deshalb merkte ich anfangs nicht, dass sich inzwischen die ganze Gruppe zu uns gesellt hatte. Sieben Leute. Sie sahen mich grinsend an. Als mich einer von ihnen grob an der Schulter packte, verstummte ich dann doch. Bilder aus Horrorfilmen schossen mir durch den Kopf. Doch der Junge, der mich angesprochen hatte, sagte streng: «Sie ist eine von uns, keiner rührt sie an, verstanden?»

Sofort lockerte sich der Griff an meiner Schulter.

«Willkommen bei uns, ich bin El Emperor, ich bin der ...»

Ich ließ ihn nicht ausreden. Sondern rappelte mich hoch und ergriff die Flucht. Ich rannte, bis mir die Luft wegblieb, und drehte mich erst wieder um, als ich zu Hause angekommen war. Noch wusste ich nicht, dass die Begegnung mit El Emperor für mein Leben eine besondere Bedeutung haben würde.

In den folgenden Tagen musste ich mehrfach an den Vorfall mit den Jugendlichen denken. An ihre grinsenden Gesichter, hinter deren Fröhlichkeit sich tiefe Traurigkeit verborgen hatte, an El Emperors Worte. Er hatte mich willkommen geheißen und gesagt, ich wäre eine von ihnen. Warum? Wer waren diese Typen, die kaum älter waren als achtzehn? Erst versuchte ich, nicht mehr an sie zu denken und stattdessen lieber schöne Erinnerungen an die Vergangenheit heraufzubeschwören, die mich das Unglück der Gegenwart vergessen ließen, doch so ganz ging mir diese Begegnung nicht aus dem Kopf. Eine Woche später traf ich die Jungs an einer anderen Stelle in der Umgebung wieder. Sie begrüßten mich freundlich. Und weil ich wusste, dass sie mir nichts tun würden, ging diesmal ich auf sie zu.

An diesem Nachmittag erfuhr ich, was es mit der Gruppe auf sich hatte. Sie waren alle Kinder von reichen Eltern, die sie nur selten sahen.

«Mein Vater ist Diplomat», erklärte El Emperor. «Er ist ein Typ, der sich immer an alle Regeln hält und seine Pläne abarbeitet wie ein Schweizer Uhrwerk. Als ich klein war, lief alles gut, aber als ich älter wurde, wollte er auch aus mir so einen Roboter machen. Er hatte sogar einen Kalender, in dem haarklein drinstand, was ich alles lernen und tun sollte. Das war zu viel. Ich brach zusammen. Jetzt bin ich der Sohn, den er vor seinen Freunden und Bekannten zu verstecken versucht. Ich glaube, er schämt sich für mich. Deswegen hänge ich lieber draußen mit meinen Freunden ab. Sie verstehen mich wenigstens.»

El Emperors bitteres Lächeln verriet mir, dass die Entfremdung von seinem Vater eine große Leere in ihm hinterlassen hatte.

«Was ist dein richtiger Vorname?»

«Evariste, aber alle nennen mich El Emperor. Ich bin der Herr der Welt.»

Er lächelte mich an, streckte mir seine raue Hand entgegen und ich drückte sie. Ich hatte neue Freunde gefunden, mit denen ich mich nun den ganzen Tag in der Gegend herumtrieb. Ich wusste, dass sie Drogen nahmen und verbotene Dinge taten, aber das störte mich nicht. Diese Jugendlichen waren die Einzigen, die meinen Kummer verstanden und teilten. El Emperor bot mir oft an, den Stoff, den sie rauchten, auch zu probieren. Er sagte, er würde mich schweben lassen und ich könnte dadurch ein paar Momente völligen inneren Friedens erleben. Eine ganze Weile lehnte ich ab. Aber als die Atmosphäre zu Hause sich immer bedrückender anfühlte und irgendwann auch noch meine Mutter ungerecht wurde und mich ständig beschimpfte, gab ich der Versuchung nach: Ich ließ mich auf den Teufel ein.

Es war das erste Mal, dass ich Drogen nahm. Ein Erlebnis, das ich nicht mit Worten beschreiben kann. Erst herrschte absolute Stille, die Zeit schien stehenzubleiben, dann folgte ein Gefühl der Erfülltheit, des Glücks, der totalen Freiheit.

Mein Geist löste sich vom Körper, ich war in Trance, hatte eine Art Orgasmus, schwebte über den Geheimnissen der Welt, erlebte völlige Schwerelosigkeit. Als ich danach wieder in der Wirklichkeit ankam, wollte ich die Erfahrung sofort wiederholen.

Schon bald traute ich mir mehr zu, brauchte aber auch mehr, um den Zustand des Wohlbefindens wiederzuerlangen oder zu verlängern. Meist rauchten wir Cannabis und Heroin und gingen dann, um die Wirkung zu verstärken, zu Kokain über. Am Anfang glaubte ich, alles im Griff zu haben, ich bildete mir ein, ich sei willensstark genug und erhaben über das Übel der Sucht. Doch die Abhängigkeit entwickelte sich schleichend und hinterhältig. Mir wurde erst richtig klar, wie abhängig ich war, als ich Mama immer höhere Geldsummen stahl, um mir dafür Heroin zu kaufen. Als ich schließlich bei jedem Aufwachen als Erstes an meine tägliche Dosis dachte, war es längst zu spät. Ich war besessen von dem Zeug.

Diese Phase dauerte fast fünf Monate. Mama ging es inzwischen besser. Sie nahm ihr Leben wieder in die Hand und stürzte sich in die Arbeit für ihre NGO gegen Beschneidungen, drei Monate später tauchte auch Papa wieder auf. Er wollte mich mehrmals treffen, aber ich lehnte immer ab.

Eines Abends bekam meine Mutter mit, dass ich in meinem Zimmer Gras rauchte. Da brannten bei ihr die Sicherungen durch und sie nahm zum ersten Mal seit dem großen Knall Kontakt zu ihrem Ex-Mann auf. Mein Laster schaffte es tatsächlich, die beiden zusammenzubringen, ohne dass sie sich angifteten. Sie ermahnten mich streng, aber das prallte an mir ab. Um ihnen Schuldgefühle zu machen, drückte ich ein paar Tränen raus und sagte, es wäre nur so weit gekommen, weil sie mich im Stich gelassen hatten. Das wirkte. Am Ende war ich das arme Opfer, während sie Gewissensbisse hatten, mich um Entschuldigung baten und versprachen, sich nun wieder mehr um mich zu kümmern. In Wahrheit ging es mir schon längst nicht mehr darum. Ich wollte gar nichts mehr von ihnen. Ich wollte nur meine täglichen Trips.

Ich gab meine Suchtgewohnheiten nur zum Schein auf und war schon bald wieder voll dabei. Meine Eltern merkten es. Ich verhielt mich einfach zu auffällig. Als ich eines Abends von einer Tour mit meiner Truppe zurückkam, stand vor dem Haus ein Krankenwagen. Zuerst dachte ich, dass Mama etwas passiert war. Erst im Haus merkte ich, dass die Männer in den weißen Kitteln meinetwegen gekommen waren.

Ich machte meinen Eltern eine riesige Szene, weinte, schrie und flehte sie an. Ich versprach alles, was mir in den Sinn kam: dass ich mich ändere, nicht mehr ausgehe, diesen Dreck nicht mehr anrühre. Ich versprach sogar, Papas Beziehung zu Gérôme zu tolerieren. Aber meine Lügen stießen bei meinen Eltern auf taube Ohren. Sie hatten mich durchschaut und ließen sich nicht erweichen. Das hieß, mir stand die Hölle der Entzugsklinik bevor.

Die erste Nacht war einfach nur schrecklich. Zum ersten Mal seit Monaten hatte ich keine Drogen zur Hand, also erlebte ich zum ersten Mal harte Entzugserscheinungen, einen unsäglichen, unmenschlichen Schmerz. Trotz Klimaanlage schwitzte ich wie wahnsinnig, ich glühte und zitterte gleichzeitig vor Kälte, konnte meine Bewegungen nicht mehr koordinieren, mir lief Speichel aus dem Mund, ich weinte, krampfte meine Hände in die Matratze, zerriss das Kopfkissen, versuchte, mich zu verletzen. Ich war am tiefsten Punkt meines Niedergangs angekommen. Ich fühlte mich wie der letzte Dreck.

Ich lege den Füller auf den Tisch, lese manche Passagen noch mal durch. Einiges, was dort steht, bewegt mich wirklich, aber die meiste Zeit denke ich nur an die Blicke und Berührungen von Boris. Ohne ihn hätte ich mir hier längst die Pulsadern aufgeschnitten, wäre lieber gestorben, als dieses Elend weiter zu erleben. Er hat es als Erster geschafft, mir einen wirklichen Willen zu vermitteln, aus der Misere herauszukommen. Mir ist klar, dass ich noch einen weiten Weg vor mir habe, und ich spüre noch immer die körperlichen und seelischen Blessuren meiner Eskapaden, aber ich weiß auch: Ich muss den kalten Schweiß ertragen, den Wunsch zu sterben abwehren, den Willen haben, weiterzuleben.

Wieder mal sehe ich nach der Uhr. Draußen ist die Dämmerung angebrochen. Der letzte Sonnenstrahl verschwindet hinter der Fensterscheibe, der Schleier der Nacht deckt die Erde zu. Mit der Dunkelheit kommen die Nachtdämonen. Sie machen mir immer noch Angst. Ich bin froh, als es klopft und die Tür aufgeht. Ich hebe den Kopf und sehe Doktor Boris auf der Schwelle stehen. Er lächelt mir zu. Zum ersten Mal, seit ich hier gefangen bin, lächele ich zurück.

EPILOG

IM NAMEN DER LIEBE

«Weißt du, Boris, als sie noch klein war, hatte deine Süße einen hübschen Spitznamen.»

«Hör auf, Papa! Das ist nicht witzig», rief Anastasie in scherzendem Tonfall und versteckte ihr Gesicht hinter ihren zarten Händen, was Boris zum Grinsen brachte.

«Ja, richtig. Wie war der noch mal, dieser Spitzname?»

«Fang du nicht auch noch an, Mama.» Anastasie wandte sich an Gérôme: «Bitte, bleib wenigstens du auf meiner Seite und bring ihn davon ab. Auf dich hört er wenigstens.»

«Lass gut sein, Schatz, die Kleine wird ja ganz rot. Obwohl… Nein, war ein Scherz. Los, verrat uns ihren Spitznamen, ich will ihn auch wissen.»

«Er lautete… Kleine Zwergmaus. Weil sie alles aß, was ihr in die Finger kam, und in allen Ecken des Hauses herumschnüffelte.»

«Oh ja, genauso war es», lachte Linda. «Wie oft habe ich sie in der Küche vor dem offenen Kühlschrank überrascht, als sie sich gerade die Schokolade von den Fingern leckte. Sobald sie merkte, dass ich sie erwischt hatte, tat sie, als würde sie schlafwandeln, und ging mit nach vorn gestreckten Armen zurück in ihr Zimmer.»

Diese Anekdote ließ alle Teilnehmer des Familienessens in schallendes Gelächter ausbrechen. Generell herrschte gute Stimmung. Selbst Diagne, Lindas neuer Freund, schien den Abend zu genießen. Die Rumcocktails, die alle getrunken hatten, trugen das ihre zur ausgelassenen Stimmung bei.

Auf dem großen Teakholztisch im Wohnzimmer von Marcos und Gérômes Doppelhaushälfte standen mehrere Tajines mit Foutou in Gougouassou-Sauce und Thiéboudienne in einer Zubereitung, die speziell auf Diagnes Geschmack abgestimmt war. Der Duft, der von den Schmorgefäßen ausging, stieg den Gästen in die Nase, die nur darauf warteten, dass Marco endlich den Segen sprach und das Festessen eröffnete. Auch Marco selbst freute sich. Was er sah, kam ihm unwirklich vor. Alle Mitglieder seiner Familie vereint an einem Tisch, nur eine fehlte. Sein Blick wanderte von einem Gast zum nächsten. Da war seine kleine Anastasie, strahlend, schön, lächelnd, die die Dämonen der Sucht besiegt hatte, mit der Hilfe von Boris, der die Wucht ihres Hasses ertragen und sie aus dem Abgrund ihres Zorns herausgezogen hatte. Da war Linda, die Kämpferin, die Eiserne Lady, wie die Mitglieder ihrer Gemeinde sie nannten, die beschlossen hatte, in die Politik zu gehen und bei den Parlamentswahlen zu kandidieren, um ihre Brüder in der Regierung zu stärken, auf deren volle Unterstützung sie zählen konnte. Ihr Kampf gegen die Beschneidung hatte sie bekannt gemacht. Neben ihr saß Diagne, von dem Marco eigentlich nur wusste, dass er sie sehr liebte. Und schließlich Gérôme. Sein treuer Gefährte und die große Liebe seines Lebens. Die Worte, um seine Empfindungen in diesem

Moment auszudrücken, mussten noch erfunden werden. Bisher waren sie lediglich ein warmes Gefühl tief in seinem Innern – ein unwirkliches Gefühl, das ihn auch noch erfüllte, als er begann, das Tischgebet zu sprechen.

«Gott, wir danken dir für diesen Tag. Danke für meine Familie und dafür, dass du sie hier zusammengeführt hast.»

Er drückte fest Anastasies und Gérômes Hände.

«Wir danken dir für Lindas vielversprechende Karriere, für das Leben, das du uns schenkst, und dafür, dass du über unsere Toten wachst.»

Ehrfürchtig sah Marco hoch zu dem großen Foto seiner Mutter, das an der Wand hing. Seine Augen füllten sich mit Tränen, die seine Sicht trübten. Fast bildete er sich ein, die Person auf dem Foto würde lebendig werden, ihm zulächeln und zu ihm sprechen. Oder war es keine Einbildung? Plötzlich stand seine Mutter neben ihm und streichelte ihm zärtlich die Wangen wie früher in seiner Kindheit. Doch dann kamen die Schatten. Erinnerungen an eine weit entfernte Vergangenheit holten Marco ein, an eine traurige Welt ohne Liebe. Und dann schoss ihm wieder diese schreckliche Szene mit Gérome und Anastasie durch den Kopf, die ihm klarmachte, dass hier irgendetwas falsch und verdreht war.

«Papa, was ist los mit dir?», fragte Anastasie mit einem schelmischen, spöttischen, triumphierenden Lächeln.

Auch sie hatte ihn vorgeführt, dachte er für einen kurzen Moment. Sie hatte ihm den Todesstoß versetzt.

«Papa, Papaaa …»

Anastasies Stimme entfernte sich, verschwand, erstarb, während Marco schweißgebadet und verstört aus seinem Traum hochschreckte. Als er die Augen öffnete, streckte er die Hand zur anderen Seite des Bettes aus. Das war ein Reflex, er tat es bei jedem Aufwachen. Seit fast vier Jahren. Seit Gérôme ausgezogen war. Noch immer suchte Marcos Hand den Körper des schlafenden Freundes, um ihn zu streicheln und sich an ihn zu schmiegen. Vergeblich. Auch dies war nur ein weiterer Morgen, an dem ihn die Leere seines Bettes an Gérômes Verrat erinnerte. Die Laken waren kalt. Zumindest fast …

Das Geräusch fließenden Wassers drang aus der Dusche an sein Ohr. Kurz darauf kam ein junger Mann, höchstens dreißig Jahre alt, aus dem Bad und grüßte ihn im Vorbeigehen. Marco antwortete mit einem Kopfnicken. Er hatte den Vornamen des Typen schon wieder vergessen, und wenn er ehrlich war, wollte er sich auch gar nicht an ihn erinnern. Das war besser für ihn und sein Herz. Der Bursche zog sich eilig an, nahm die 30.000 Franc*, die auf der Kommode lagen, und verschwand so unauffällig, wie er gekommen war, bevor der Sonnenaufgang ihn überraschen konnte. Marco setzte sich an den Bettrand. Seit seiner Trennung von Gérôme hatte er einige Irrwege hinter sich gebracht. Jetzt war es so weit gekommen, dass er junge Männer für ein paar flüchtige Stunden der Lust bezahlte. Er schämte sich vor sich selbst, aber der Körper hatte nun mal seine eigenen Bedürfnisse und seinen eigenen Willen …

* * *

Das erste Sonnenlicht drang durchs Fenster. Auf dem Boden verstreute Kleider, das Bett zerwühlt, in der Luft noch immer der Geruch des Schweißes, der vom hitzigen Austausch zweier leidenschaftlicher Körper in der Nacht zeugte. Linda wurde

---

* ca. 45 Euro

geweckt von den zärtlichen Berührungen Diagnes, dessen geschickte Hand von ihren Zehen über die Fußsohlen die Schenkel hinauf bis zu ihrem Hintern wanderte, von wo aus sie nach vorne glitt und zwischen ihren Beinen verschwand. Linda stöhnte auf. Sie räkelte sich und spreizte ihre Schenkel, um sich ihrem Liebsten ganz hinzugeben, der nicht lange zögerte. Seiner Hand folgte sein Geschlecht, dessen Qualitäten Linda inzwischen gut kannte, denn sie liebten sich oft. Nach zwanzig Minuten kamen sie mit einem lustvollen Keuchen gemeinsam zum Höhepunkt. Schön und glücklich wie sie war, sah Linda dabei aus wie eine junge Braut nach der ersten Liebesnacht.

Die Zeit des kleinen, unglücklichen Mädchens aus Agougbia war vorbei. Fünf Jahre waren seit ihrer Scheidung vergangen, und nie war es ihr so gut gegangen wie jetzt. Ihre NGO war weit über die Grenzen ihres Dorfes hinaus bekannt und die Spender zahlreich, denn Linda hatte eine geniale Idee entwickelt, um die Beschneidung in Verruf zu bringen: Sie gründete ihre eigene Beschneidungsschule. Dort brachten Lehrerinnen, die früher Beschneiderinnen gewesen waren, den jungen Aspirantinnen bei, tugendhafte Frauen zu sein, indem sie ihnen Verhaltensregeln vermittelten, durch die sie in der Gemeinschaft auch ohne eine Verstümmelung ihre Würde wahren konnten. Wenn der sechste Monat des Kurses und damit der Abschluss der Ausbildung verstrichen war, wurden die jungen Mädchen nicht beschnitten, sondern erhielten eigens für diesen Anlass gefertigte Perlenketten, die auswiesen, dass sie die Beschneidungsschule besucht hatten, also würdige und verdienstvolle Frauen waren.

Durch ihren Einsatz wurde Linda in der Region ihrer Herkunft zu einer Leitfigur. Vor einem Jahr war eine Delegation von Führungskräften und Häuptlingen mit der Bitte an sie herangetreten, ihre Interessen im Sinne der positiven Weiterentwicklung im Parlament zu vertreten. Sie sammelten fünf Millionen Franc* für eine Kampagne. Linda erklärte sich bereit und stieg so in die Welt der ivorischen Politik ein.

Doch all diesen Erfolgen zum Trotz überschattete ein dunkler Schleier des Bedauerns Lindas Dasein: das tragische Schicksal ihrer Tochter. Nach dem Aufenthalt in der Entgiftungsklinik hatte Anastasie immer wieder Rückfälle. Als sie volljährig wurde, erlaubte sie ihren Eltern nicht mehr, Entscheidungen in ihrem Namen zu treffen. Die Folge war, dass sie monatelang von der Bildfläche verschwand, wieder auftauchte, sobald sie kein Geld mehr hatte, sich ein paar Wochen vorbildlich benahm und dann wieder abtauchte – mit dem Schmuck ihrer Mutter oder dem Geld ihres Vaters. Linda fühlte sich schuldig. Mit ihren eigenen falschen Entscheidungen hatte sie das Leben ihrer Tochter zerstört. Doch statt in der Vergangenheit zu leben, konzentrierte sie sich lieber darauf, an einer hoffnungsvollen Gegenwart und Zukunft zu arbeiten. Jeden Abend, wenn sie die Aktivitäten des Tages abgeschlossen hatte, ging sie in die Kirche und betete für das Seelenheil ihrer Tochter.

* * *

Marcos Alltag geriet in einen Trott, der ihm immer weniger gefiel. Den Morgen verbrachte er in seiner Praxis, die trotz des Skandals um seine Person bald zu ihrer alten Geschäftigkeit

---

* etwa 7.600 Euro

zurückfand. Kurz nach dem großen Streit mit Linda hatte sich sein Patientenstamm, der vor allem aus Mitgliedern der Kirchengemeinde bestand, fast vollständig von ihm abgewandt. Doch nachdem ein wenig Gras über die Sache gewachsen war, besannen sich die meisten darauf, dass er nicht nur ein fähiger, sondern ein genialer Kinderarzt war. Das war es, was am Ende zählte, also kamen sie nach und nach alle wieder.

Am Nachmittag widmete er sich der NGO *Tous Différents*, «Alle anders», die sich für Homosexuelle in der Umgebung einsetzte. Nach dem erzwungenen Coming-out hatte Gervais, der Präsident der Organisation, von Marcos Geschichte Wind bekommen – in Abidjan verbreitet sich alles in kürzester Zeit wie ein Lauffeuer –, Kontakt zu ihm aufgenommen und ihm in der schwierigen Lage seine Hilfe angeboten. Sie verstanden sich von Anfang an, und Gervais wurde zu einem guten Freund, dem ersten, den Marco seit seiner Kindheit hatte. Es war quasi Ehrensache, dass er die Leitung der Gesundheitsabteilung der Organisation übernahm.

Jeden Tag empfing Marco in den Räumen der NGO eine Vielzahl von Patienten. Die meisten kamen wegen sexuell übertragener Infektionen. Er bat sie zuallererst, sich auf HIV testen zu lassen, auch wenn er wusste, dass die meisten der Bitte nicht nachkommen würden. Gerade junge Menschen zogen es vor, ihren HIV-Status zu verdrängen. Ignoranz schien ihnen sicherer, oder zumindest bequemer. In ihrem trügerischen Unwissen fühlten sie sich stark und als Teil einer unverwüstlichen Jugend, der nichts etwas anhaben konnte. Wie die Homosexualität war auch die Krankheit ein Tabu. Sie wurde «Grande Dame» genannt, als ironische Anspielung auf die Vergangenheit der Erkrankten, die wiederum zu Ausgestoßenen wurden, zu Verbannten der Gesellschaft. Homos gingen ihnen aus dem Weg, Heteros sagten: «Ihr habt bekommen, was ihr verdient.» Viele starben einsam. Die Einsamkeit war tödlicher als die Krankheit.

Vor einer halben Stunde war die Dunkelheit angebrochen. Wie jeden Abend fuhr Marco in seinem Mercedes an den Ghettos von La Perle des Lagunes entlang, um nach Anastasie Ausschau zu halten. Noch immer war sie der Mensch, den er am meisten liebte, trotz der Gemeinheiten, die sie ihm angetan hatte. In den verrufenen Vierteln, in denen er sie jeden Abend suchte, wurde er oft grob angegangen und bedroht, aber der Wille, seine kleine Prinzessin wiederzufinden, war stärker als die Angst vor den Aggressionen. Anastasie war seine Familie, die einzige Verwandte, die ihm seit dem Tod seiner Mutter geblieben war. Der lag jetzt drei Jahre zurück. Nie würde Marco das erschöpfte Gesicht seiner Mutter vergessen, ihre brüchige Stimme, mit der sie ihm in ihrer letzten Stunde voller Liebe und Zärtlichkeit doch noch ihren Segen gegeben hatte, damit er hier auf Erden Glück und Frieden finden konnte. Nach ihrem Tod hatte er lange gelitten, nicht nur unter dem Verlust, sondern auch unter den bösen Zungen, die überall herumerzählten, er habe seine Mutter durch sein Lasterleben ins Grab gebracht. Linda und Anastasie übernahmen die Totenwache. Für die Beerdigung ihrer Großmutter unterbrach Anastasie sogar ihre Streunerei. Beide beweinten die Verstorbene lauthals. Linda, wie man eine Mutter beweint, Anastasie, weil die Oma ihrem Vater vergeben hatte.

Als Marco sich von seiner Trauer erholt hatte, versuchte er, den letzten Willen seiner Mutter zu erfüllen: glücklich zu werden. Er bat Anastasie, bei ihm und Gérôme einzuziehen. Sie stimmte begeistert zu. Seine innere Stimme sagte ihm, dass das zu schön war, um wahr zu sein, aber er wollte noch einmal an die Liebe und eine Familie glauben. Trotzdem hegte er von Anfang an den Verdacht, dass Anastasie einen teuflischen Plan verfolgen könnte.

Sechs Monate nachdem sie eingezogen war, rief Anastasie ihn eines Nachmittags in der Praxis an und bat ihn, nach Hause zu kommen. Sie sagte, es sei dringend. Marco fürchtete das Schlimmste, zumal Gérôme, der ein Auge auf Anastasie haben sollte, telefonisch nicht erreichbar war. Marco fand das Haus in völliger Unordnung vor. Halbleere Likörflaschen standen auf dem Wohnzimmertisch, die Jeans, die Anastasie am Morgen getragen hatte, lagen auf der Treppe, die zum ersten Stock führte, Gérômes Pullover war achtlos übers Geländer geworfen worden, weitere Kleidungsstücke säumten den Weg zum Schlafzimmer. Marco fühlte sich an den Tag in jener weit entfernten Vergangenheit erinnert, an dem ihn der erste Gérôme auf seiner Studentenbude mit dem jungen Mädchen betrogen hatte. Verzweifelt öffnete er die Tür. Und sah Anastasie. Laut stöhnend im Bett liegen. Mit Gerôme, der wirkte, als stehe er unter Drogen.

«Hallo, Papa! Jetzt verstehe ich, warum du mit ihm zusammen bist. Er ist wirklich eine heiße Nummer!»

Damit grinste seine Tochter ihn höhnisch an, stieg nackt aus dem Bett, sammelte ihren String vom Boden auf und stolzierte an ihm vorbei aus dem Zimmer. Marco blieb wie versteinert zurück, kalkweiß vom Schock über die albtraumhafte Intrige, der er in die Arme gelaufen war. Anastasie verließ das Haus und kam nie wieder. Sie brach den Kontakt zu ihm endgültig ab. Es war nicht ihre Tat, die Marco am meisten verletzte, sondern der Hass, den er in ihren Augen gesehen hatte, die Verachtung und das Gefühl, dass sie noch zu viel

Schlimmerem fähig gewesen wäre, nur damit er ebenso leiden musste wie sie.

Der Vorfall versetzte Marcos Beziehung zu Gérôme einen schweren Schlag. Zwar kam heraus, dass Anastasie seinem Freund Magic Mushrooms verabreicht hatte, die Rauschzustände und Halluzinationen hervorriefen, trotzdem konnte Marco ihm nicht verzeihen. Es erschien ihm inzestuös, weiter mit dem Mann zusammenzuleben, der mit seiner kleinen Prinzessin geschlafen hatte, egal wie es dazu gekommen war. Schweigen senkte sich über ihre Zweisamkeit. In stillem Einvernehmen redeten sie nur noch über Banalitäten. Als Marco eines Abends nach der Arbeit bei *Tous Différents* zurückkam, fand er das Haus leer vor. Wieder hatte ihn ein Gérôme verlassen.

Manche Verletzungen heilten mit der Zeit, aber andere, die tiefer gingen, nicht. Sie wurden zum dauerhaften Quell für Marcos Schmerz. Wenn er in seinem Mercedes durch die Gegend fuhr, dachte er nach – über seine Existenz, seine Veranlagung, die Entscheidungen seines Lebens und die Folgen, die sie gehabt hatten.

Fast anderthalb Jahre durchkämmte er die Straßen der Stadt auf der Suche nach Anastasie. Manchmal verpasste er sie nur um Haaresbreite in einem Rauchsalon oder einer Zuhälterbar. Unter den verrufenen Brücken, wo sie oft schlief, erzählte man ihm, Anastasie würde sich neben dem Drogenkonsum nun auch prostituieren. Er machte sich schwere Vorwürfe. Der Gedanke, dass Anastasies Abgründe aus dem Hass auf ihn erwachsen waren, dass er sie miterschaffen hatte, vergrößerte seine Qual.

Auch an diesem Abend hatte Marco kein Glück. Ein weiterer Misserfolg, dachte er und hoffte auf den nächsten Tag.

Damit kehrte er zu den kalten Mauern seines Hauses zurück, die seinen Kummer nur zu gut kannten, waren sie doch stumme Zeugen von dessen Ursachen. Vor der Tür kauerte eine schattenhafte Gestalt, die er unter Tausenden wiedererkannt hätte. Er erinnerte sich nur zu gut daran, wie seine Hände diesen Körper in Liebe gewiegt und voller Zärtlichkeit umarmt hatten. Vorsichtig streckte er die Arme nach seiner in Embryonalstellung daliegenden Tochter aus. Sie zitterte und sah ihn mit ausdruckslosen, leeren, abwesenden Augen an.

«Pa … ich …» Darauf folgte nur noch ein unverständliches Gemurmel.

Marco schloss seine Arme um Anastasie und drückte sie fest an sich, als könne er dadurch seine eigene Körperwärme auf sie übertragen. Er dankte dem Himmel dafür, dass er ihm die Person zurückgebracht hatte, die ihm in seinem Leben am meisten bedeutete. Ein paar stille Minuten vergingen. Dann verschwand Marco mit Anastasie hinter den Mauern seines Hauses.

Can Mayaoglu
NADIA

264 Seiten, gebunden mit
Schutzumschlag und Lesebändchen

ISBN 978-3-86300-355-5
€ 24,00

Das spurlose Verschwinden ihrer jüngeren Schwester Dilhan und die Trennung von ihrer großen Liebe Rahel haben der Installationskünstlerin Nadia den Boden unter den Füßen weggezogen. Zwar schafft sie es, den Verlust Dilhans zu einem in aller Welt gefeierten Ausstellungsprojekt zu verarbeiten, doch der Trost, den das Publikum in dem interaktiven Kunstwerk findet, kommt bei Nadia selbst nicht an. Ihr innerer Aufruhr bleibt, der Jetset im Zeichen der Kunst ist mehr Flucht als Therapie. Als sie die Installation erstmals in ihrer Heimatstadt Hamburg präsentieren soll, zählt Nadia darauf, dass ihre jahrelang eingeübten Schutz- und Fluchtmechanismen sie auch diesmal vor aufrüttelnden Konfrontationen bewahren. Doch hier, wo die Traumata ihren Ursprung haben, ist die Vergangenheit unerwartet lebendig – und die Erinnerung stärker als die Verdrängung.